中国当代文学名家精品集

在山中

韩浩月 著

成都地图出版社
CHENGDU DITU CHUBANSHE

图书在版编目（CIP）数据

在山中 / 韩浩月著 . -- 成都 : 成都地图出版社有限公司 , 2025. 6. -- (中国当代文学名家精品集).
ISBN 978-7-5557-2791-0

Ⅰ. I267

中国国家版本馆 CIP 数据核字第 2025PB1653 号

中国当代文学名家精品集：在山中
ZHONGGUO DANGDAI WENXUE MINGJIA JINGPIN JI: ZAI SHAN ZHONG

著　　者：	韩浩月
责任编辑：	刘国强　　赖红英
封面设计：	李　超

出版发行：	成都地图出版社有限公司
地　　址：	四川省成都市龙泉驿区建设路 2 号
邮政编码：	610100

印　　刷：	三河市人民印务有限公司

（ 如发现印装质量问题，影响阅读，请与印刷厂商联系调换 ）

开　　本：	710mm×1000mm　　1/16
印　　张：	13　　　　　　字　　数：200 千字
版　　次：	2025 年 6 月第 1 版
印　　次：	2025 年 6 月第 1 次印刷
书　　号：	ISBN 978-7-5557-2791-0

定　　价：	68.00 元

出版说明

2023 年春，教育部等八部门印发《全国青少年学生读书行动实施方案》。随后，122 家国家语言文字推广基地共同发出"典耀中华"主题读书行动倡议。一些具有文化情怀的出版社和文化公司，立即响应，策划各种适合青少年阅读的图书，《中国当代文学名家精品集》书系应运而生。

《中国当代文学名家精品集》书系由北京世图文轩文化发展有限公司（下称"世图文轩"）策划，由成都地图出版社出版。我非常荣幸地受邀担任主编。

世图文轩成立于 2010 年，系北京市内乃至全国较有影响力的图书发行公司之一，曾获得"重合同守信用企业""诚信经营示范单位"等荣誉称号。长期以来，世图文轩和众多出版社就优质图书出版进行合作，获得了合作伙伴的一致好评。在"典耀中华"主题读书行动中，他们敏锐地抓住机遇，迅速策划主要以初、高中生为读者对象的大型书系选题，显现出他们的眼光、魄力与胸怀，以及对于文化市场的拓展理想。我相信，这样一家致力于图书策划、出版的公司，其品牌信誉是毋庸置疑的。

为成长中的青少年读者集中呈现名家优秀作品，是一件虽然困难，却功在当代、利在未来的大好事，我能参与其中，与有荣焉。我必须以一种高度的使命感、责任感以及担当精神来做好这个书系，成就这件大好事。

　　令人特别感动的是，刚开始组稿时，刘成章、王宗仁、陈慧瑛、韩小蕙、王剑冰、李青松、沈念等老师就对这个书系表现出极大的支持和信任，并在第一时间提供了书稿以示鼓励。很快，几乎所有得知此书系的作家都认为这是在为作家、为"典耀中华"主题读书行动做一件好事、大事。由此，我和我的临时编辑室成员获得了极大的信心，热情也更加高涨，此后连续十个月，我们整个身心都扑在了这件事上。

　　一个人只要用心做事，人们是会感受到的，也会默默地予以支持。事实上也是如此。随着组稿工作的开展，我们和作家们的沟通日益频繁，我们发现，他们除了都表现出对这个书系的兴趣与认可，对当代散文创作的发展、繁荣的前景，还有一种共同的期待与信心。这对我们无疑是一种更为巨大的鼓舞与动力。

　　组稿虽然也费了不少周折，但总体上比想象中顺利得多。当然，非常遗憾的是，一部分作者由于手头书稿版权等原因，未能加盟到这个书系。

　　组稿只是我们工作的一部分，更为具体、更为烦琐的，是审稿事务，它出乎意料的繁重，也占据了我们比预想的多得多的时间和精力。偶尔，我们也有点儿想放弃了，但是，想着这是一件功德无量的事，又兀自笑笑，继续埋头苦干。在这个过程中，感谢师友们对我们工作的配合、理解、支持与信任。

　　静下心来，切实感受审读、编辑工作的价值和意义。

　　书系里，名家荟萃，佳作如林。有的，曾代表过一种新的创作范式；有的，曾开启过一种创作方向；有的，对某一题材开掘出更深更独特的思想；有的，有引领某类题材与风格的新面貌；等等。毫不夸张地说，散文多角度多样式的表达，在这个书系里应有尽有，全景式、全方位地呈现出中国散文几十年的创作成果，是当代散文创作的一个缩影。

　　总体上，无论是题材、创作方法，还是思想容量，此书系都呈现了散文广阔的视野，让我们感受到散文天地的无垠无际。

具体来说，以下几个特点特别明显：

一、作者队伍可谓老中青完美结合。入选作者的年龄跨度最大达半个多世纪，上有鲐背之年的高龄名将，他们文学生命之树长青，宝刀不老，象征着老一辈散文家依然苍翠的文学生命力；最年轻的三十出头，他们雏凤声高，彰显散文创作的新生力量蓬勃兴旺的景象；一大批中壮年作家，是当代散文创作领域里当之无愧的中坚基石，他们的创作正处于繁花似锦的鼎盛时期，实力毕现。

二、题材多元多样，内容丰富多彩。书系中，既有涉及上下五千年历史的洒脱智慧的历史文化散文，又有让人惊艳的初次涉猎的新颖、独特题材。有人写亲情，有人写风景。有些人写自己的童年，让我们看到其成长时代；有些人写一个城市或一条河流的前世今生；有些人写自己对故乡的记忆，从更有新意的视角表现这个时代的巨变；有些人集中了自己几十年的写作精品，让我们看到他们的创作道路上的足迹；有些人专注于一个主题，开掘深挖，独具魅力；有些人关注时代、关注身边的人和事；有些人剖析自己的内心情感……总之，反映中华传统文化、红色文化和当代自然文学精粹的作品，在此书系里比比皆是，或温暖动人，或鼓舞人心。

三、风格百花齐放，个性特点鲜明。几十部作品，有的侧重写实，有的侧重抒情，有的注重开掘思想，有的追求内容唯美，有的描写细致入微，有的叙述天马行空……表现方式千姿百态。但无论哪种风格，无论如何表达，皆个性鲜明，情感饱满，呈现出思想性、艺术性、可读性兼备的特质，读者可以从中获得不同程度的启发，感受到散文的魅力。

四、女性作者跳出了人们对"女性散文"固有的观念。书系中占有一定比例的女性作者，她们的作品虽然仍保留细腻敏感的特色，但大都呈现出大气开阔、通透有力的格局。她们温柔而现代的行文表达，对读者来说有着更为别致的情感体验和人生借鉴意义。

　　总之，这个书系，将是我们打造阅读品牌的开端。如果你愿意静下心来阅读，你一定会有所收获。

　　习近平总书记在文艺工作座谈会上讲话时指出："优秀文艺作品反映着一个国家、一个民族的文化创造能力和水平。吸引、引导、启迪人们必须有好的作品，推动中华文化走出去也必须有好的作品。"我们希望，这个书系能成为读者眼里"正能量、有感染力，能够温润心灵、启迪心智，传得开、留得下，为人民群众所喜爱"的"优秀作品"。

　　在此，特别感谢沈俊峰、陈晨两位搭档的通力协作，我的编辑朋友梁芳、胡玉枝的倾力相助，以及世图文轩、成都地图出版社上上下下推进此书系出版的所有领导与师友的大力支持和耐心细致的工作。他们让我感受到了团队的力量。同时，也特别感谢出版方将我和我的搭档的作品纳入此书系，我们把此举视为对我们的"嘉奖"。

　　上述文字，不敢称"序"，不敢称"前言"，甚至不敢称"出版说明"，仅表达此书系的缘起和一些组稿、审读的感受，也许过于肤浅，还望广大作者、读者海涵。

《中国当代文学名家精品集》主编

第二辑　随身照相馆（往事与回忆）

第三辑　麦基的野鸽子（内心记事）

第四辑　追月光的人（旅行笔记）

第一辑　春天从哪里来

（四季与自然）

在 山 中

　　开车行驶在一条窄而美的盘山公路上，我眼睛余光看到山里有一条更窄的小道，便缓缓刹车，把车停在路边不碍事的一小片荒地上。我们背了个布包，拿了矿泉水，打算去山里探险。

　　踏入小道之前，我们环顾四周，想看看有无"禁止入内"的标志或提示，如果有，就放弃探险，老老实实地离开。但方圆几百米内，看不到人影，于是，我们便壮起胆子，踏入了深山。我们闪进小道的那个瞬间，长吁了一口气，有种特别奢侈的感觉。

　　山，真是有迷惑人的一面。在盘山公路上行驶，看到两边尽是陡崖峭壁，没想到，这才在小道上走了不过几十米，山便展现了它开阔的一面——起码在几公里范围内，是没有山峰的，这是一片山中平原，抑或说，这是山的腹部。

　　山中安静，工装鞋踩在土砂石混杂的小道上，发出悦耳的"咯吱咯吱"的声音，脚步停，"咯吱"声停，再抬脚走，"咯吱"声响，这样即时的反馈，颇给人一种踏实与安宁的感觉。

　　小道两旁，尽是果树与农作物，果树以苹果树、梨树、柿子树为主，间有一些野生的枣树和花椒树，农作物多是黍米、玉米、地瓜。在路边看到有摆摊卖苹果与柿子的，它们就出产自这里，当它们被出售的时候，是商品，而当它们挂在枝头的时候，就是大自然的组成部分。我对孩子说，枝头上的果实，看看就好了，不要去摘，那是别人的私有财产。

但地上掉落的果实，实在太多了。果实落地的时候，喜欢扎堆。它们在枝头迎风晃动，从青涩到成熟，像兄弟姐妹一般生活在一起。到熟透落地之后，也愿意长相厮守、度尽余生。空气里都是果实的香气，气味中带着点腐烂的甜味，但山中的风浩荡，稀释了这甜味，不至于让人上头，产生被醺醉的感觉。

一只鸟，从树丛中以45度角的方向，像射出的子弹那样冲向天空，飞行的姿态倒不像是被叨扰后的惊恐，更像是一种展示——鸟估计许久没在山中见到人了，这次一口气见到了大人和孩子，就有了顽皮的心，想要吓我们一下。我们惊呼，大笑，配合得很好。

鸟飞出时发出的声音，是"轰隆隆"的，不晓得它们的翅膀为何能制造出这么大的声响——扇动的空气过多，带起的风太大，可能是这样。正在寂静行走的时候，忽然耳边又听到"扑通"一声，吓人一跳，我们赶紧转身四处寻找，却看不见任何动物，想了想，那或许是熟透的柿子掉在地上发出的声音。

这多奇妙。柿子本来没打算和人类产生交流，它也无意惊扰过路人。柿子什么时候熟，什么时候等待被人摘，以及在无人摘取的前提下什么时候坠落，这些都是有既定时间的，像闹钟一样，秒针驱动分针，分钟驱动时针，在时间刚刚好的时候，就自然而然地掉落了。

我瞬间想到：此刻，不只是一颗柿子掉落在地，还有无数颗柿子、苹果、梨，以及这个秋天其他无数熟透的果子，不分昼夜，在"扑通扑通"地掉落。它们集体往下落的样子，多像下雨，它们不过是大一点的雨滴，不过是柔软的果肉"雹子"，它们的妈妈是土地，贫瘠的山地上长出美丽的果树，这些果实与果树一起美丽过，因而它们的坠落不是死亡，而是美丽的一部分。

　　我在脑海里以几十倍的速度，想象了一下果实落地后的情形：在几十天之后，它们已经和土壤融为一体，它们的身体腐烂后渗透进土壤，成为土壤的一部分，等待着来年，于枝头复活。

　　每隔十来分钟，就有果实落地，在它们落地声音的陪伴下，我们继续往大山更深处走，非但不觉得累，身体内反而有一种要溢出来的轻松，把这种轻松称为快乐也行。小道的两边，开满了各种颜色的花，深秋暂时还与它们无关，深秋时可能它们更艳丽了。我把手机摄像功能打开，静静地给一朵粉中带紫的花拍摄。我使用的是仰拍的角度，花冲着镜头在点头，在笑，笑的背后是干净清澈的蓝天，于是我和花就这样通过镜头"聊"了起来。

　　至于我问了什么，花回答了什么，这不重要，重要的是，这一小段时间属于我们。跑在前边的孩子，喊我加油跟上，我保持着拍摄的姿势，一动也没动，只是稍微加大了一点声音对孩子说，别着急，我再陪花坐一会儿。

　　和花告别后，我看到一片郁郁葱葱的地瓜秧，人们要分阶段地把藏在瓜秧下面的地瓜挖出来，但此时它们还旺盛地生长在山地里。山地里出产的地瓜我吃过很多次，把它放在白米粥里煮熟，有栗子般的香味，在微波炉里烤熟，则是满口的甜糯。看见地瓜秧我又走不动道了，童年时地瓜是我的主要食物之一，乡村里遍地的地瓜秧，展示着植物旺盛的生命力，切成片的地瓜干晒干之后，伴以红小豆、豇豆、绿豆等三种以上的豆类，在瓦罐里慢慢地熬上三四个钟头，盛到碗里，用筷子一口一口地扒拉到嘴中，粮食的香气凝聚在一起，对味蕾的"攻击力"太强大了，乃至于现在我一想起来那种味道，都有热泪盈眶的感觉。

　　我点击了一下手机摄像头的视频拍摄键，然后把手机探进了那片地瓜秧的藤叶深处。山中的农作物，枝子与叶子的表面，都是干干净净的，几乎没有一片叶子上面落有灰尘，我知道这是微风与露水的缘故：

清晨的时候，山风微微吹过落着露水的叶面，那点微尘，便被擦拭得无影无踪。但我没想到，地瓜秧的枝叶，竟然更是干净。

回看拍摄到的视频，视频里地瓜秧的经脉一清二楚，每一根经脉里面，仿佛流淌着绿色的血液，地瓜秧表面的绒毛，多像是少女额头的细发。在大大的瓜秧的荫蔽下，太阳的光芒被过滤了，因此我知道了为什么手在探到瓜秧丛中的时候，会感觉到温暖与清凉混在一起的微妙气息。手机灵敏的声音捕捉系统，把各种虫鸣的声音都收录了进来，我不知道它们的样子，不知道它们的姓名，但它们的小合唱，被智能的机器处理之后，形成了美妙的和声，这样的和声被我带回到城里的家中去，没准可以治愈失眠。

继续向前走，沿路出现了一列步兵般排列的向日葵，当时大约是下午4点多钟的样子，向日葵齐齐地低着头，这不但让孩子有些惊奇，也让我有点不敢相信——向日葵不是追着太阳走吗？秋日下午的阳光正灿烂，这个时候它们应该是向西举头，对太阳行注目礼。可向日葵不管那一套，它们的头低得不可思议，倒不是害羞似的低头，而是更接近于"爱谁谁，我就低头了"的那种不讲理的样子。我没法跟孩子解释向日葵为什么不抬头的状况，只是悻悻地说，可能是向日葵一早便抬头看太阳，到了下午这个点儿，它们已抬了一天的头，也该歇歇了。我不是研究向日葵的专家，不知道那么多专业的知识。如果时间充足，能24小时观察向日葵的变化就好了。

我们走了很久很久，忽然看到一辆娇小的电动三轮车。能把三轮车开到深山中来，也是厉害。接着听到了不远处有人在说话，那是在收获苹果的山民。我们不约而同地都感觉到有些紧张，怕山民把我们误会成进山偷果实的人。当他踩着路上的干草"唰唰"地走向我们的时候，我们就更紧张了。我晃了晃手头仅有的一瓶矿泉水，试图告诉他我们除了自己带的一瓶水，没有从山里带走哪怕一粒黍米，可惜他看都没看我们一眼，仿佛这几个不速之客和身边的果树没有什么区别。他从自己的车里搬走了一摞纸箱，继续去采摘苹果了。

进山时慢，出山时快。当再次坐进车里开始返程的时候，我们相约有时间再进山中。在山中的时光，太美了，我们可以把自己当成一只松鼠、一只兔子，或者别的什么野生动物，不用担心饿到，反正到处都是果子，如果饿急了，捡起地上掉落但未腐烂的果实果腹，应该也是会被理解与原谅的吧；如果渴了，可以去找泉水，找不到，早晨叶子上的露水也行。我们想象着这样的山野生活，觉得很开心，但大家都知道，我们来山中，只是看看就走，不大可能像说笑的那样，在山中生活。

生活的诸多部分，已经被明确地划出了界限，以山为界，以河为界，以高楼、高速公路为界，以语言为界……但偶尔从城市越界到山区，所感受的那种快乐，不是冒犯的快乐，而是回归的快乐。在山中，我们都成了快乐的孩子。

我的朋友梭罗

　　1845 年 7 月 4 日，梭罗正式入住瓦尔登湖旁边的一座小木屋，这是他亲手建造并粉刷的一间屋子。屋子所在的十几英亩土地，是爱默生买下的，梭罗曾住在爱默生家中，两人亦师亦友。所以，梭罗是得到了授权，才使用了这一小块土地的，属于合法入住，是在法律允许之下的行为。少年时我读《瓦尔登湖》，一直觉得梭罗是非法闯入和占有这间房屋，觉得这很神气，现在则不然，认为还是按规矩来比较好。

　　梭罗不是野人，他的小木屋不是凭空而降，所以要允许他有一段时间的筹划。梭罗带着隐居的目的第一次来到瓦尔登湖的时间，被认为是 1845 年 3 月底的一天。究竟是哪一天？是一天中的早晨、中午还是黄昏？这个不清楚，人们只记得"他手里拎着一把斧子"。我曾以为梭罗这天来了之后就没有走，在野外生存了三四个月后，最终有了自己的房间，这也属于带有浪漫色彩的臆想。

　　1847 年 9 月 6 日，梭罗离开了瓦尔登湖，在这里的居住时间为两年两个月零两天。离开的原因是，他觉得自己的"思想实验"完成了，他已经得到了自己一直苦苦思索的人生答案，于是转身就走，并没有多少留恋。而且居住在瓦尔登湖边的日子，梭罗并非真正意义上的离群索居，而是经常拜访周边村庄，与村民打交道，也常有熟识的朋友和不认识的陌生人到木屋拜访，甚至这段时间是梭罗见到朋友最多的一段时间。知道这些之后，我有些失落，在很长一段时间里，我都认为梭罗在瓦尔登湖边孤独终老……

可能会有不少人像我一样，对梭罗有不少的"误会"，这不奇怪，因为我们常会用自己的惯性思维与一般常识，来看待隐居这件事情，我们的经验，多来自鬼谷子、陶渊明、庄子的故事，还有金庸、古龙等人的武侠小说，认为只要是隐居，就得把事做得绝一些，不到万不得已，是不会"出山"的。后来知道梭罗这位西方的"大隐士"的故事越多，就越发明白，东西方对于"大隐、小隐"的定义其实差不多，梭罗的隐居，则更贴近庄子的"心隐"，多为求得内心的安静与踏实，至于身体，仍可在红尘里自由来去。

我把梭罗当成朋友，一遍遍地读他的书。梭罗是敏感的、孤独的、矛盾的，然而这仅是他少年、青年时期的性格特征，在有了瓦尔登湖边的生活体验后，他变得开放、坚强、睿智，这何尝不是无数年轻人渴望拥有的一个过程？年少时读梭罗，会对《瓦尔登湖》开篇的"长篇大论"感到不耐烦，只沉迷于他写湖水、自然、动物的那些文字，而中年时读梭罗，则开始对全书的每一个章节，都有了共鸣感，这恐怕才是梭罗与《瓦尔登湖》可以穿透时光流传至今的理由。

《瓦尔登湖》有两个章节直接与"湖"有关，一是《冬天的湖》，二是《湖》，从文学或散文写作的角度看，这两个章节所传递出来的那种湖水的晶莹剔透感，还有令人赞叹的文字之美，都让人有爱不释手、反复阅读的感觉。"像湖水一样，瓦尔登的冰，近看是绿的，可是从远处望去，它蓝蓝的很美。你很容易就辨别出来了，那是河上的白冰，或是四分之一英里外的湖上的只是微绿的冰，而这是瓦尔登的冰。""在温和的黄昏中，我常坐在船里弄笛，看到鲈鱼在我的四周游泳，好似我的笛音迷住了它们一样，而月光在肋骨似的水波上旅行，那上面还凌乱地散布着破碎的森林。"这样的文字，在《瓦尔登湖》中数不胜数，读多了，你甚至会产生一种怀疑：世界上有这么美的地方吗？

每个在水边成长的孩子，心目中都有一片属于自己的瓦尔登湖。我出生的村庄里，四十多年前，有一片每到夏天就开满荷花的湖泊，可现在回去，只能看到一潭死水了。童年的"瓦尔登湖"已经死去，于是我便有了一生都要寻找"瓦尔登湖"的执念，它甚至可以不是一片湖水，是一座山谷也行，是一片森林也行，只要遇到了类似的地方，都会产生舍不得走的想法，想拎一柄斧子，想建造一间木屋，想在木屋前面向远方，陷入无尽的、美好的惆怅中去。

现在的瓦尔登湖已经成为一个景点，会有人络绎不绝地前往游览，但即便有机会，我可能也不会去瓦尔登湖，因为我相信，所有的景点，都没法拥有作家用文字塑造出来的震撼之美。现在，有人在描述梭罗时，会使用"躺平大师""美国版李子柒"的说法，这是对梭罗一个很大的误会，是用很浅显的一种方式去理解梭罗。认识一位朋友的最好办法，是努力从心灵层面与之贴近，从智识层面与之会合，如此，即便永不相逢，也是莫逆之交。

故乡的地址与种子

　　故乡不远，距离我居住的外省，大约七百公里，开车走高速，八个多小时便可到达。家乡在地理位置上属于北方，但在气候上，也有南方的特点。据说这些年因为全球气候变暖，南北气候分界线开始北移，这让我老家更像南方了。我小时候的记忆里，冬天的县城里是几乎看不到绿色植物的，但现在，冬天的小城里，道路两边绿叶葱葱的灌木有不少。

　　每次返乡，我在手机导航上设置的目的地，都是家乡的汽车站。县城的老汽车站早已迁移了，但还是可以搜索到老汽车站的地址。之所以选择这个地址，是因为这个地方我曾经非常熟悉；另一个原因是，汽车站对于游子来说，总是有别样的意义，它曾是出发的地方，也当是归来的终点。

　　老汽车站已经没有了，但北街的商铺，却几乎没变，二十年前就有的"羊老大羊肉汤"等门脸，还一眼能看出当年的模样。店里还像以前一样，到处都是油腻腻的，但点上两碗羊肉汤，炒上一盘豆芽菜，再要上几张面饼，吃到口中，还是以前的味道，没有任何改变，果然有一个说法是有道理的——故乡就生长在一个人的味蕾之上。

　　去看望叔叔们。这几年，因为县城在拆旧建新，三个叔叔原来居住的地方，都已经被拆迁了，但新楼暂时还没建起来，他们分别租住在不同的地方。就算他们的家没有改变住址，过去返乡过年的时候，我也总是找不到家门，需要有一个兄弟坐在我车上给我带路，才会节省时间，尽快找到。离家太久，这个县城的主要街道我还有印象，一些巷子、小区名字、门牌号码等，已经陆陆续续在记忆中淡去了。

二叔租住在"农业银行家属院"的某栋楼里，我用导航搜索这个家属院的名字，结果导航地图上没有收录。我打电话给二弟，二弟说，过了"西联中"之后，往东再过了"刘巷"的红绿灯，往前两百米看见"郏中商场"右转，进了巷子往里再走两百米就到了。这一连串的地名在我脑海里回荡，很显然我根本没法记住。我给二叔打电话，最后相约让他走到马路边等我，我边开车边寻找他的身影。十多分钟后，叔侄二人见了面，在马路边聊了一会，二叔把我送他的茶与酒抱上电动车后回家了。

从二叔口中得知，五叔正在不远处的"郏中商场"摆摊做生意。我马上给五叔打了电话，他告诉我，商场的南门封住了，要从南门东边的小巷进来，走到最北头的时候，转弯再进商场里，他在商场北端的东侧。这一系列与地址和方向有关的描述，立刻让一向有些路盲的我晕头转向，只得硬着头皮往里走。在走了大约几百米，打了三次电话后，我终于和五叔接上了头。

和六叔的见面也是如此，颇费周折。好在六叔会用微信发送定位，把他租住的小区地址发给了我，但因为小区不让外地牌照的车进入，六叔和我约好了在门口见。在去找他的路上，他又发来另外一个饭馆的地址，说快中午了，一起吃个饭。我说："饭不吃了，您在原地不要动，不然我又找不到了。"我在路边停车，远远看见小区门口坐了一个人，打电话一问，果然是六叔。

和三个叔叔的见面，都是在路边进行的，这是以前没有过的事情。以前走亲戚，无论怎样都还是要在家里坐一会儿的，茶喝不喝不重要，但要进门、认门，不然的话时间久了，真有可能找不到门在哪里了。而在我故乡的文化当中，不知道亲戚的门往哪个方向开，是很不礼貌的。

在二十年前，老县城只有一条纵向的主街道，几条横向的辅街道，各家单位分布明确，闭着眼睛也能大概知道走到哪儿了。这些年旧城改造、新城东移，已经让县城的格局发生了很大的变化。有一天，我专门开车绕道经过少年时最爱去的电影院，结果发现一大片遮天蔽日的广告牌和条幅，把老电影院遮盖得严严实实，门脸已经完全看不到了。要知道，电影院所在的这个地方，曾经是县城最繁华的中心。

在亲戚基本走得差不多的时候，我会带女儿到以前的老电影院这一带走走，告诉她，爸爸曾在这儿看电影、打台球、玩电子游戏，在这里度过了整个 20 世纪八九十年代。她无论是对这儿的历史，还是对当下既嘈杂又有生活气息的环境，都颇感兴趣，当然最感兴趣的，还是附近的一条小吃街。每当夜幕降临的时候，小吃街灯火通明，多种家乡美食各点一份，让那个家乡的胃，得到足够的满足。

在女儿的心中，已经有了一颗故乡的种子。她出生在外省，但有着一个属于故乡的胃。不得不佩服基因的神奇，除了不会说地方方言之外，她喜欢这里的一切美食和自然环境。在融入这里的时候，也显得十分融洽。再过十年，当她大学毕业、长大成人之后，也许不再需要我的带领，她自己就能够循着自己走了无数遍的回乡之路，找到这片与她有着千丝万缕联系的故乡了。

与朋友聚会的时候，朋友把几天前准备好的两包种子送给了我，这是一份非常特别的礼物。在把牛皮纸信封裁成两半之后，他分别在信封上写下了这样的留言，一封是"黑色的为晚饭花，俗名粉豆花、紫茉莉，多为黄色，间有粉红。另一种是南瓜子"，一封是"尖嘴的是葫芦（食用）。圆粒黑籽的是秋葵，忒能结"。朋友留在信封上的这两行字，我反复看了好几遍，觉得他写在信封上的，是诗。

　　我把故乡家中阳台上两个不用的大花盆松了土，把信封里的种子，悉数埋了进去，并浇了一次透水，希望来年再返乡的时候，阳台上花盆里要么枝叶葳蕤，要么姹紫嫣红。从此我的心里又多了一份牵挂，牵挂故乡家里阳台上的植物们，是否会生长得好。

　　每个离乡的人，其实都是一粒被寄出的种子，故乡是发信地，远方是收信人。那粒种子或许在远方落地发芽生根，或许一直等待着机会，能够重新回到熟悉的土壤中再苏醒过来，长成一棵故乡的植物。无论怎样，故乡都是出发地，是难以忘记的地址，是生命里最重要的一个"门牌号码"。

过去的我走在夏天里

似乎才刚进入夏天，一些地方就迎来了高温，有的地方温度甚至达到了40℃。看着新闻都能感觉到一股热意扑面而来。

我对高温没有什么概念和太深刻的记忆。即便有，也是近些年得到的，比如走在北京街头，遇到热岛效应。还有在南方某镇，被骄阳与热空气逼在空调房间内，不敢出门。除了这些，我的童年、少年、青年时代，印象中都没怎么被"热"到过。

这显然是有违自然规律的。翻开各地对于酷暑的历史记载，上面明确地表明，过去的夏日和现在一样非常难熬。况且，那时空调、电扇等制冷设备，不像现在这样普及。之所以回忆里的夏天少有酷热，甚至时有清凉，大约是因为那时的人们有独特的消暑办法，离自然更近。

我出生的村庄，有一个很大的池塘，夏天时一天到晚都有人在里面游泳。所谓"游泳"，其实就是泡在水里。池塘深水处长满了荷花，巨大的荷叶覆盖了水面。人游到荷叶下面，踩水而立，用不了几分钟，就会感觉到荷塘有凉风从四面八方涌来。我经常这么干，踩水踩累了，就浮游，手脚轻拍着水面，有时候差点睡着。

荷花与池塘形成的局部小自然里，有某种神秘的氛围。再强烈的阳光，也穿不透荷叶的"皮肤"，从荷叶向上看，太阳是绿色的。这种绿色由眼睛传递进内心，犹如梦境。这些梦境偶尔也与午夜躺在家中床上的孩子的梦境接壤，每每这个时候，皮肤就会产生别样的感觉，身体的热量会无形地消失于空气当中。

让我有清凉感的，还有每一座老屋背阴处的苔藓。那些苔藓特别旺盛，颜色明暗不同，点缀以小花、杂草，远远看去，像一个地球仪砸碎之后散落成一片。许多个午后，我寻访这些苔藓群，俯卧下来，近距离地观察它们内部的世界。光着的膝盖会传来苔藓微黏的触感，是那种独属于植物的清凉。我感觉到我与苔藓在相互付出，我付出热量，它们付出凉意，我们彼此需要。如果不是担心路人奇怪的眼光，我真想舒展整个身体，与苔藓来一次最亲密无间的接触。

美国作家伊丽莎白·吉尔伯特有本书叫《万物的签名》，书中有大量篇幅描写苔藓。她认为，苔藓构成了一个不为人所知的"世界"，每一株苔藓，都是上帝的签名。苔藓、水草、沼泽……还有水牛最爱的水坑等，它们共同构成了灼热地球的"散热帖"，在默默地为夏天降温。后来每每想到这本书，我脑海里就迅速出现小时候无数次访问过的苔藓世界。文字与现实的世界此刻是一体的。

小学时有一年暑假，我到几公里外姑父家的村庄度假。吃完晚饭和井水冰的西瓜后，姑父常带着我们几个小男孩去村外的小河里洗澡。我在一篇文章中记录了当时的情形："记得那个夏夜空气燥热，而河水清凉。我手里握着姑父给的一条白毛巾，浮躺在缓慢流动的河水里。远处的村落静谧无声，夜空的颜色是一种神奇的湛蓝。月光与星光倾洒在河面之上，从某一个瞬间开始，我的毛孔仿佛被无声打开，整个人的重量开始变轻。我觉得自己变成了河面上的一片树叶、一条小鱼、一只不慎落水又挣扎着跃出水面的小鸟。"

现在想来，这些与消暑有关的场景与记忆，和大自然有关，但更多和一个孩子的心灵感受有关。如果曾经拥有过敞开的、宽阔的心灵，那么就一定会在某个自己需要的时刻，得到一片阴凉，一场痛快的大雨，或者让人忍不住闭上眼睛的微风。

　　直到现在，不管外面有多热，我都不惧走在阳光下，除了体质偏凉之外，恐怕也和这些留存于脑海里的记忆有关。

　　现在的我走在夏天里，其实也是过去的我走在夏天里。这么说有些平行时空的意思，但很多时候就是这样，过去与现在的某种交织，形成了一种奇特的能力。拥有这种能力，哪怕是在炎暑如蒸的桑拿天，也能保持一分内心的清凉。

老家下雪了

在朋友圈看到老家下雪了这个消息时，我正在北京三里屯等待网约车。已经是夜晚了，路上堵车堵得厉害，霓虹闪烁，寒风凛冽，耳边偶尔传来几声不耐烦的汽车喇叭声……然而在我看到老家下雪了这条消息的时候，时间好像忽然慢了下来，周遭也似乎突然静了下来，脑海里浮现出一片老家下雪的场景。

老家下的雪，是真的雪。不是说北京的雪就不是雪了。北京的雪总是有点矜持，千呼万唤之下，方缓缓从空中降落，稍有点鹅毛大雪的意思，风一吹便没了，薄薄一层的雪落在交通繁忙的大街上，被车轮一碾就化成了水。这两年，周边的城市总是"偷偷地背着"北京下雪，北京干脆成了一个鲜有降雪的城市。

我的老家处在北方与南方的交界处，但整体上还是一个典型的北方小城，每年的冬天，都会至少有一场像样的大雪。说老家的雪大，也是相对而言的，真正的大雪，要追溯到三十年前——不把门堵上一小半、早晨推门推不动的雪还叫大雪吗？不让草垛胖上一大圈全变成超大号"馒头"的雪还叫大雪吗？不让家犬急匆匆跳出家门双腿陷进雪地走不动步等待主人救援的雪还叫大雪吗？……

以前老家的冬天是难熬的，身上穿得不暖，寒冷无处不在。但偏偏下雪的那几天，孩子们都变得不怕冷了，打雪仗，吃冰凌，回到家鞋窝子里都是化了的雪水，拿到炉子边一烤冒出热腾腾的蒸汽，吃点东西还没等鞋子烤干，套在脚上转身就又跑到雪地里玩去了。

雪天可玩的游戏其实不多，雪仗打累了，堆个雪人，个个奇丑无比，没等堆好，小伙伴们便一拥而上一人一脚把雪人踹个稀巴烂。要么就是抓麻雀，用树枝支起一个箩筐，在箩筐下撒上一小把粮食，雪后无处觅食的麻雀三三两两地跳来了，带着警惕的眼神，摆出一副随时逃跑的姿态，但就是这样，仍避免不了会有十来只成为我们的猎物。雪天吃烤麻雀，留下满嘴黑。

当然，我之所以对老家的雪天印象深刻，还与雪天带来的那种孤独感有关。有一年放寒假，我成绩没考好，一个奖状也没得到，下午放学后不敢回家，一个人走向雪野。大雪把田野全部覆盖了，近看时庞大无比的草垛，放在雪野的大背景下，全部变成了星星点点的小物件，大树也仿佛小草般寂静、柔弱，连村庄也都不起眼了，远远地卧在一隅，淡淡的炊烟仿佛村庄呼出的雾气。

那种孤独感，不敢说旷世吧，但对一个孩子来说，还是很震撼的。大雪让人感到自己极其渺小，你在雪地里无论怎么跑，都像是原地踏步，无论怎么大声喊，都会被绵厚的雪静悄悄地吸收。人在雪地里，像一只乌黑的蚂蚁，唯有一小步一小步地走。走着走着，心事便没了，再走着走着，人就莫名地变开心了。那天我在雪地里漫步到天黑才回家，一副若无其事的样子，家长居然也没问我的成绩究竟如何。

说来，大雪终归还是属于村庄的。进入县城生活之后，雪尽管也不小，但再也没见过村庄里那么大的雪了。雪不喜欢人聚集的地方，人口密度越高，雪就越稀薄。不是雪害羞，是雪有点恶作剧心理，你越盼着它下得大一点，它越不给你面子。而在村庄，人们看一眼天际线，呼吸一下空气，品尝一下嘴里的味道，说一句"今晚可能要下雪"，便不再多言了。第二天早上，老天准给你一场意料之外的大雪。

　　五六年前我回县城过年的时候，和朋友在街边的饭馆喝酒，那晚的雪下得很大。喝完酒出门接近半夜了，雪把楼房、街道、学校什么的都覆盖了，雪把县城变成了村庄……我们开心呐，趁着大街上一辆汽车也没有，把街道当成了滑雪场，开始的时候还是用脚打滑，后来干脆猛跑几步然后把整个人摔出去，一下子摔出好远。我们还去了老同学的家门外，捏了雪团砸他家的窗户，把他从暖被窝里拉了出来，和我们一起滑雪。

　　正回忆着往事，却发现我叫的网约车到了。离开三里屯的时候，关于老家下雪了的消息，在朋友圈变得更多了，有人开始不断地发小视频刷屏。老家的朋友在群里问了句："听说老家下雪了？"瞬间的工夫，好几个朋友都开始回应，看来，大家对下雪这件事都觉得很兴奋。出租车里的暖气开得很暖。我看了一会儿手机便闭上眼睛假寐，脑海里在想，"老家""下雪"，这只是两个简单的词汇，为何它们组合在一起，会带来如此大的信息量，造就如此庞大的意境？莫不是，下雪这个事很平常，而我开始想家了吧。

春天从哪里来？

在家"禁足"了一个月，我每天最喜欢做的事情之一，就是到阳台上向外张望一会儿，目光所及之处，是一条新开不久的高速公路。本来车就不算多，现在车更少了，宽阔的高速公路笔直地通向远方，究竟有多远？我想大概是世界尽头吧。

朋友圈里开始有人说"春天来了"，并晒了图，那些图明明是常见的鲜花、嫩叶、青草，看上去却有些陌生。是的，不管冬天有多漫长，不管身患疾病时有多疼痛，春天该来总会来的，也许会迟几天，也许会晚几日，当从窗户缝隙中挤进来的那股风吹到脸上时，就能明显感受到那种信息：春天来了。

此刻的春天，正从几百米外一条河流上岸。春天从哪里来？春天最早就是从河底这样的地方来啊，春天不吭声，但每条河的春天都是一样的。最早的时候，春天被藏在河底的泥沙中，藏得很深很深，保险起见，冬天这个"暴君"还给河面加盖了一层冰层，春天就这样被彻底封存起来了。

春天的到来，是伴随着第一块冰的融化开始的。冰雪融化的速度与样子，是这个世界上最令人开心的事情之一。一粒冰在阳光下变成一滴水，这是春天的秘密之一，一滴水渗入土地或者汇入河流，就像掉队的士兵融入大部队，等你注意到春天来临的时候，"大部队"已经浩浩荡荡了。

　　浩荡的是水面。水面上的波纹，开始的时候是小范围的，随着河水地盘的扩张，波纹便有了阵容，有了声势。如果每天到河边走走，就会发现河水以"天"为单位，每天上涨一厘米，每天上涨一厘米，你会觉得饱涨的春天已经无法忍耐待在淤泥里了，急不可耐的春天就差在某个突破口一下子迸发出来了。春天穿透河面的时候，是会冒泡的，如果你关注河面，看到时而有气泡莫名其妙地炸裂，不要怀疑，那是春天在开心地吁气。

　　浩荡的当然还有风。别跟我提夏天、秋天、冬天，虽然这三个季节的风各有特色，但肯定没有春天的风浩荡。春天的风是均匀的、平缓的，它们约好了从河岸的边上出发，在一个时间点集结登陆，上岸之后它们就沿着道路、庄稼地、树林聚集，然后上升、再上升，等到它升到十几层楼高的时候，便谁也阻挡不住它了。

　　春天的风会瞬间吹遍整个北方。整个北方像一个气球，被一张鼓起的嘴一下子吹满了，不能再吹了，再吹春天就要溢出了、爆炸了。爆炸的春天可不得了，它们会让那些各种颜色的花跟随着一起"造反"，一起"爆炸"，不信你看那些被春风吹过的花朵、花骨朵，哪一个不是一碰就炸、嚣张的样子。

　　不会的，春天的风不会这么张扬。就算它动员起了所有的花、草、树、木，甚至叫醒了地下密集的种子，但当它来到你窗前的时候，还是会提前刹住车的，像一个内心大方但表面上又很害羞的人，不敲窗，不说话，等着你主动地去发现。

　　当你的脸接触到了春天，你会感到快乐和充实。这是因为春天不偏心，春天带给每个人的信息量都是一样的。不管你的脑海里盛装着什么，春天都会借助风的吹拂一下子给你清零，然后换上满满的一幅春天的景象，让你觉得立刻对生活又有了信心，想对着窗外大喊几声。

"春天像一个约定"，这么土气的比喻，在 20 世纪 80 年代就有了，可它却像真理一样不可推翻，因为在收到这个约定之后，你会想马上出门，甚至不愿意浪费一点时间换上春装。去见春天干吗要在意穿什么衣服啊，能见到就好了，能在春天里就好了。当你走进春天的怀抱，就会觉得天地真开阔、世界好大，你在波浪一样一阵阵涌来的春风里，虽然觉得自己渺小，但却宛若站在世界中心。

我还站在窗子前，没有出门，但我已经明白无误地告诉了你春天从哪里来。春天从哪里来？春天从河岸底下来，如果离你家不远处有河岸，不妨抽个空就出发，去逮春天吧。

看得见远山的房间

北方的春天本来就很短，接连一二十天没出门，再出门的时候，立夏已过，到了可以只穿一件薄外套的初夏了。

最近心绪颇为不宁，却也没什么办法解决。好不容易在周日的时候可以出去，我便开车去了不远处的一座小山，但入山口被封住了，没法进去，只好在山脚徜徉了一会儿。

上一次出远门，大约还在一个多月之前，也是去这座小山——那山高不过百米，有山谷，顶多算一条沟，所以实在不好意思说那是"大山"或"深山"。山里空无一人，山路弯且路面干燥，踩在脚下，不断回响着窸窸窣窣的声音。好久没下雨了，春天的雨在北方总是那么矜持。有一所破旧的空房子在远处，想了想，没有产生一探究竟的好奇心，若是春天，房前有桃花盛开，炊烟飘起，或会前去寻人，说句话，讨口水喝。

那次去山里，根本的目的是寻找春天。明知道那个时候去找春天，心急了些，但还是无法克制想出去走走的心，万一能找到春天的踪迹呢。整片山，远远看去，光秃秃的，树枝上站着我不晓得名字的鸟，保持着随时要飞走的架势。如果春天是件衣裳的话，那这件衣裳远远还没做好，谈不上可以将它披在身上。可低头看，路边没有被踩秃的干草堆里，明明有嫩绿的草芽冒出来，再蹲下去，去观察干草堆的内部，有更多的草芽在生长。

那次从山中回来后，我时常会莫名其妙地开心，但又找不到原因。在32层高的楼房阳台上，可以看到那片山的轮廓，想到有那些草在卖力地扎根，把山地仅存的一点水分，装进自己青翠的腰肢里，就知道我开心的理由了——它们如此不分昼夜、匆匆忙忙地生长，就是为了有一天，当我（当然除了我之外还包括其他的人）再一次站到那里的时候，会被吓一跳。那些草，就像调皮的猫一样——猫也喜欢做这种事，躲在一个角落，等你经过的时候，冷不丁地跳出来，吓你一跳。草如果知道，自己的茂盛，可以吓人一跳的话，也会开心吧。为此，草们，像捉迷藏一样，在干草的保护下，悄悄地做着吓唬人的事情。

这次我被挡在山脚下，不能进山，也不知道那些草长成了什么样子，心里有些访友而不得的惆怅。山脚下有许多同样惆怅的人，他们有的在车里，不愿意踩油门离开，有的下了车，东张西望一会儿，最终还是上车离开了。

好在，在家里，也能看见那座山。我家的楼层很高，所以，看山也是居高临下的。那座山因为去过太多次了，对山云、山林、山沟都很熟悉，即便我不能身临此处，远远地看过去，也算是巡游一番了。

我发现，看山是能让情绪平静下来的一个好办法。于是，每天早晨起床，我都会冲上一杯咖啡，在阳台上坐半个小时到一个小时的样子。

窗外放置空调室外机的地方，被我种上了一些绿植。说是绿植，其实不过是几盆吊兰，一棵不知道名字的沙漠植物，还有一小棵野山楂树。这是多年养花、养草遗留下的成果。我一向养不活植物。以前觉得野花、野草、野藜藜之类的好养活，哪怕是长在一片瓦砾当中，也能活得绿意盎然，但只要把它们带回家中来，它们就会马上"死给你看"。

细想也是，植物也是热爱自由的。它们可以活在瓦砾中，但根部连接大地，虽然缺水少营养，但通气的土壤，还可以自由地呼吸。活在憋屈的花盆里算什么事？我要是一棵野草，也情愿活在野外。

后来我分析，这些野花、野草为什么会决绝地死去，得到的结论是，我住的楼层太高了，远离地气。前些天看到一篇文章，说住的楼层高的人，智商会有所下降，住得越高，下降得越厉害。我说呢，最近这几年，怎么觉得自己没以前那么反应敏捷了。

把这篇文章讲给女儿听，还没讲完，逻辑一向不错的她，一句话把我怼得哑口无言，她说："如果这篇文章说得对，那人人不都得往地下室，小孩住地下室，是不是学习成绩就能提高了？"听完她的话，我又开心了，只当是虚惊一场。

再说说我家窗外那些草和植物的事。那棵沙漠植物，是一位朋友送的，形状好像一根长满刺的棍，多数时间没有叶子，光秃秃的，没啥美感，好处就是，怎么都不会死，暴晒在太阳下两个月，枝干反而长得愈发的饱满。偶尔会有叶子长出来，朋友说，那是空气里水分太多了，长叶子是不对的，必须光秃秃的，才证明它活得很好。

吊兰没什么好说的，它们郁郁葱葱，绿得黝黑，一副营养过剩的样子。那棵野山楂树，是我从山里带来的，用了家里最大的花盆，花盆里放了同样从山里带来的山土，竭力复原它原先的生长环境。结果如人愿，这棵树活得很好，根深叶茂，但愿它能在 32 楼找到家的感觉。树的生命比人的要长，我祝愿它长命百岁、千岁、万万岁。

我在阳台看花、看远山的时候，两只猫也会跟过来，躺进瓦楞纸做的猫窝里，眯起眼睛晒太阳。这两只猫平时不爱晒太阳，和我一样。但晒了一会儿太阳之后，人会舒展很多。要珍惜能晒太阳的时候。两只猫喜欢跟着我，只要我在阳台上，它们就跟随着来，所以，我要多陪它俩晒太阳。

我每天也都要陪阳台上的花花草草坐一会儿。那些花草树木，拥挤在阳台窗外的一角，营造出一种自然的模样，看见它们，眼神凝视久了，视线仿佛就可以进入到植物的内部，感受它们在山里的样子，就会产生把大自然的一部分搬到自己身边的错觉。

有时候，我看看窗外的花草树木，再看看远山，就把两者之间的联系建立起来了，心里就会变得开阔起来、空旷起来。人的心容易被塞满，也容易变得狭窄，得有一种方式，不断把它打开、再打开。

有花，有草，有树，有猫，有远山，有阳光，这些生活里平常的事物，都与生命有关，与活力有关。我在这么高的楼层住了好几年，以前没太认真关注过这些琐碎的事物，乃至于失去了获得力量感的一个来源，对自己来说，这是个损失啊。

我看远山，远山说不定也在看我——管它看不看，我觉得有彼此对视的可能就够了，人世间的一些互动，有时候就是这么感性与没道理，或许就是这样，人才能够活得更自由自在一些吧。

无比漫长的夏日

　　初夏到来的时候，北方的天空显得格外干净一些，适度的风与雨水，一遍遍地清洗掉春天留下的毛絮与枯萎的花瓣。绿叶成了主角，初夏的绿叶赏心悦目，在清亮而不毒辣的阳光照射下，有着令人愉悦的美。被存进手机相册里的图片，随便拿一幅出来都能当壁纸。

　　喜欢夏天的人相对要少一些。夏天不像别的季节，会引得那么多的人发感慨。我觉得，对夏天的到来，表现出淡定的喜爱的人，对美好的事物往往有更别致的欣赏角度。遇到同样喜欢夏天的人，心里莫名就会将其划归到可以一谈的朋友名单当中，虽然谈不谈的并不重要——比起夏天的热烈，喜欢夏天的人往往又是性格安静且偏于冷淡的。

　　喜欢盛夏的人，就更不多了。盛夏也会被称为苦夏。北方的盛夏阳光如火，初夏时还鲜亮的叶子，到了盛夏无不发暗且蔫头耷脑，街道没有树荫的地方，蒸腾出的热气肉眼可见，如不幸在公交车站等上十五分钟的车，则很有可能当场眩晕过去。南方的盛夏更是要命，有一年去南方过暑假，在某城市待了一周，除了傍晚时分可以出去走走觅食，其他时间段只能躲在空调房间里，门也不敢出。

　　夏天不受欢迎，和酷热对人的影响有关系。每当夏天来临，很多人内心的想法只有一个字，逃、逃、逃……可夏天仿佛也符合热胀冷缩定律，显得更为庞大，如网一般让人无处可逃。

不可避免的，一些人的事业在夏天也会受到影响，美国作家比尔·布莱森写过一本名为《那年夏天：美国1927》的书，就记录了几位作家在1927年夏天的遭遇：海明威忙着离婚和再婚，短篇小说集《没有女人的男人》并没有引起《太阳照常升起》那样的轰动；菲茨杰拉德正在迅速过气，两年前出版的《了不起的盖茨比》被宣告失败，囤积的库存到他去世都没能卖光；福克纳刚刚出版的《蚊群》虽广受好评，但商业上不太成功……

夏天不适合写作，不适合户外工作，出门旅行会被晒得乌黑，因为没法穿精致优雅的衣服，参加社交活动也常会有尴尬……但夏天的好处也说不完，比如喝着凉啤酒看"世界杯"；大海也好、河水也好、泳池也好，随时都能一头扎进去而不用担心着凉；在冷气充足的电影院里用外套把自己包裹起来看一部恐怖片；穿裤衩、背心，踩一双拖鞋就能出门……

当然，夏天最大的好处是白昼变长。早晨四五点钟窗外就有朝阳，晚上八点的时候还天光大亮。所以说，夏天是属于享乐主义者与拖延症患者的。这么长的时间，可以让自己有充足的理由，在满足大量的娱乐需求之后，再去进行百无聊赖的工作。并且边工作边激励自己，忙活完了有冰镇的西瓜、啤酒，有夜色里的街边烧烤，还可以熬夜看球、看电影，或者上网打几把游戏也是可以的，有了这些激励，没准工作效率会高起来。比起冬天的二十四小时，夏天仿佛多了几个小时出来，可以供挥霍。

因为时间太多，夏天的某些时间段未免显得有些无聊，比如下午两点到四点之间，正是又热又困且不想看书也不想动脑筋的时候。不无聊就不叫夏天了。比起大人们，孩子们的夏天更无聊。我记得上小学与初中时的夏天，尤其是暑假，时间就显得漫长无比。在乡村的孩子还好一些，可以去河里游泳，还能玩跳水、骑水牛。小城里的孩子就苦了，只能漫无目的地走街串巷，在本来就不多的街巷里重复逛好几次。有一年夏天，我和少年时的朋友，把城里每栋高楼的天台都"视察"了一遍，这趟任务全部完成之后，暑假还没过完三分之一。所以，夏天的时候经常有段时光是用来发愁的，发愁去做些什么，发愁怎么打发无趣的青春。

1999 年，北野武拍摄了《菊次郎的夏天》，电影说的是自幼失去父亲的三年级学生正男在邻居大叔菊次郎陪伴下寻找母亲的故事。游手好闲的菊次郎和不快乐的正男，在漫长的旅途上留下了许多搞笑又温暖的细节。在剧情简介里，电影留下了这样一段诗一样的句子："归途中，菊次郎努力安慰他，二人过得十分愉快，夏天就这么过去了。"北野武喜欢夏天，1991 年的时候，他还拍摄过一部《那年夏天，宁静的海》……或许孤独的孩子都会对夏天情有独钟吧，因为只有漫长的夏天，才容得下那么多的胡思乱想，那么多的盼望与期待。

明明身上因为汗水的缘故显得黏糊糊的，但想到夏天却会有爽快、明朗、清新的感觉，夏天和青春一样，有着诸多本质上的相似。想到夏天就想到青春，也是人们在有了时光如箭的紧迫感之后，对过往的一种回忆与眷恋。无比漫长的夏日，当时悄无声息，后来却凝聚成诗，让人在萧条的秋季与孤寂的冬天反复回忆。

想拥有一棵树

有段时间，我着了迷似的想要拥有一棵树。这棵树必须是我种下的，我要看着它逐渐长大，变得枝繁叶茂。这棵树可以任由小孩子爬上去玩，或者架起一个吊床，一头绑在树干上，一头钉牢在墙上，小孩子躺在里面玩，可以从小玩到大。

大人们在树下有自己的玩法。下午的时候招来三五好友，泡上一壶茶扯闲篇。到了天色将晚时，把茶摊撤了，换成酒桌继续对酌。喝茶的时候清谈，喝酒的时候敞开了大笑。人有时话多有时话少，但树永远不语，只偶尔喧哗一下，树下有人说："哦，起风了。"

有了树，哪怕没朋友，一个人也不孤独。从屋子里走出来，抬头只能看见月亮是不够的，在月亮和大地之间得有一棵树，得有它的影子在摇曳，留下满地稀碎的心事。夜晚的树能听到人内心的叹息，你长呼一口气回屋了，那棵树仿佛听懂了你，整夜沉思。等到天光大亮，它在微风中用舞蹈着的叶片欢迎你，告诉你又是新的一天。

这棵树可以是梧桐，可以是银杏，也可以是苹果树或栗子树……每种树有每种树的好，不必太挑剔。只要这棵树种下了，它就属于你，哪怕一开始的时候你不是太喜欢，但长着长着它就变成了你喜欢的样子。

无论你走多远，想到有一棵树在那里等你，心里总是有些踏实与欢欣的。你不在家的那些日子，树学会了默默地等待。树的年龄大了，树就长成了家，几十年过去，树甚至还成为家长。不仅你自己有点事会站在树下用心和它商量几句，甚至你的孩子从远方回来了，先不拥抱你，也要迫不及待地抱一下大树，开心地喊一声："树又长高啦！"

去朋友家做客，别的昂贵的家具、高科技的电器我都不看，只要一看见树就走不动了。一棵树够我们讨论半天"它属于哪个种类，招不招虫子，会不会结果"……如果朋友说这棵树是祖上留下来的，我们更会羡慕不已。果真是"前人栽树后人乘凉"啊，有这样的祖上，是福气。

有一位朋友把老父亲几十年前在乡村院子里种的一棵大树高价卖了，钱是收到了一笔，但老父亲也翻脸了，好几个月不和他说话。我要是有这样一棵树，肯定是要细心呵护的，可是我没有。属于我的树，和我的父亲、我的乡村一起慢慢地消失了、变远了。每每想到这儿，我总忍不住有些失落，觉得自己成了没有根的人。

我在城市里生活，住在三十多层高的楼房里，根本没有地方种大树。我栽过几棵小树在花盆里，但无一能撑过一个月。没办法，我只好在软件里种电子树，每天步行和网购得到的积分都用来兑换种树所需的虚拟能量了。攒了两年多的虚拟能量，我终于在遥远的沙漠种下了一棵最不起眼的小树。我略感欣慰，但心里知道，这不是属于我的那棵树。

我想拥有的那棵树，大概只能永远存在于记忆当中了。

与春天擦肩而过

　　小区里的桃花开了，从花骨朵到桃花朵朵开，大概也就用了一周的时间。我对这桃花开的节奏有印象，不是因为桃花，而是一个拍桃花的中年男人。有好几次，路过桃树的时候，我看见他拿着手机，在那里用心地拍，摆出各种姿势，寻找各种角度。

　　以前觉得，一个中年男人这么痴迷于拍桃花，多少都让人觉得有些怪怪的，可我现在认为，他所体现出来的专注度——对春天的专注，还有他的热爱与投入程度，颇能感染人，让人看了，内心莫名地增添了些振奋。

　　春天在默默地发生着，而我却坐在硕大的蓝色玻璃楼当中一个狭小的房间里。春天就在十多公里外盛大着，而我在大多数的时间里，只能通过回忆、遐想、写字，来与春天进行交流。事实上到了这个时节，春天已经将我包围了。春天的队伍庞大，随从甚多，从天空到大地，从山河到湖海，春天已经让我们无路可逃。春天那么迫切地到来，发出的不是讨伐信，而是邀请函。对待这样的春天，我们怎么忍心做到冷酷麻木、置之不理呢。

　　有朋友在聊天群里发了一张照片，是三年前的春天，我们一起坐船，从桂林沿漓江去往阳朔。我们在船上拍了一张照片，春风把他俩的长头发吹得有点乱，我的头发短，乱不起来，但我记得有点温顺的春风，顺着远山吹来，经过江面吹来。那些风顺着领口、裤脚钻进来，像给人做了一次塑封那样，用春天特有的温度，打开了一个人的所有感官，这种感觉多么舒畅、自由、奢侈，让人想大声喊几嗓子。

　　要不是这张照片，我几乎都忘记那次春天之旅了。朋友们相约，有机会要再乘春风，走一遍怀旧之旅。他们总是这样，说着一些不好再实现的诺言，看着它们在群里被其他的文字淹没，在每个看到的人的头脑里，逐渐地遗失、飘散。

　　北方的春天短，要及时地与之相会，但凡有一个懒觉，一点犹豫，一个不小心，就会与春天擦肩而过了。春天可能不在意，但喜欢春天的人不能不在意。我站在阳台上眺望远方，内心并无波澜与不安，擦肩而过的春天也是春天——不能说没与春天撞个满怀，春天就等于没来过。

那个冰凉的夏天

今年立夏过后，北京还没有要热起来的样子。这倒没什么奇怪的，北方的冬天结束得晚，夏天自然不会来得早。估计像这样可以享受初夏的好日子，不会再有几天了，酷夏的来临，总是不声不响的——某天早晨出门，刚走出楼道，如果感觉到像是被太阳迎头闷了一棍子，那就是北方的夏天实实在在地降临了。

我曾说过我喜欢初夏：初夏比万紫千红的春天还要可爱，当那些开得过分嚣张的花朵们纷纷落地入了泥，绿叶便成了主角。绿叶是好看的，因为娇嫩，尤其是在闪亮的阳光下，绿叶总是让人感到欣欣向荣。风在初夏时，是绿叶的好朋友，它们喁喁私语，不时欢笑，累了便静默。绿叶特别珍惜这段好时光，因为到了秋天，风便无情了，像刀子一样收割它们。

初夏的那种冰凉意味，才是夏天最大的魅力所在。走在初夏的时光里，皮肤的触感明明是凉的，但皮层之下却有一种莫名的暖意，这一凉一暖互相交织，能催生出一种莫名的快意，让人想唱歌，想在公园里的小路上猛跑几步。喘着气呼吸初夏的空气，这是对初夏最好的爱，经过初夏的风的洗礼，肺腑里的那些浊气，才算彻底被清除了出去。

我是个怕冷但不怕热的人，除非穿越城市路面上的"热岛"会觉得燥热难耐之外，更多时候觉得夏天也不过就是那么回事。夏天等公交够热吧，但只要车站有一棵树，树下有一点阴凉，站在这阴凉里，便觉得一阵阵涌来的热风也不是那么难以忍受。没有树也没关系，举起手里卷着的一本杂志当伞，也差不多能获得类似的感受。

当然这是在北方的缘故。南方的夏天，足以轻松地把一个北方人放倒。记得去年夏天在乌镇，除了天快黑时能出去走走，我白天丝毫不敢出门，因为只要离开空调房间，就会被阳光与热浪组成的"闷棍"一棍子打回来。

对夏天产生好感，要追溯到上初中时的某一个早晨。那天早晨，我骑着自行车赶往学校上早自习，从家里出来，要经过一条长长的巷道。过了自来水公司的大门，再往前一两百米，就是县城的一条主干道了。差不多就是在自来水公司门口的时候，我抬头看见巷道尽头一辆洒水车播放着音乐得意扬扬地驶过，留下一条湿漉漉的街道。重点不是在这儿，重点在于街道的路边有一棵大杨树，普普通通的大杨树，但在洒水车驶过的那瞬间，杨树仿佛突然有了灵性，像是个婀娜的女子那样，竟然摇动起身姿来。摇动起身姿倒也罢了，杨树浑身上下的叶子，居然也跟随着跳起了舞……你能想象出一棵树连树干带叶子一起跳舞的情形吗？反正那一刻我是看呆了，当下便决定记下这一美好的瞬间，记住夏天带给一个少年精神世界的冲击。

同样是那一年的夏天，我忘了是从哪里得到了五块钱，可能是捡废品卖得来的，也有可能是某位长辈一高兴给的。在20世纪90年代初，五块钱对于一个孩子来说也算是一笔巨款了，怎么花掉这笔巨款呢？我决定去买冰棒。五毛钱一根的冰棒，是当时最奢侈的食物之一，我记得童年时曾无比羡慕那些可以敞开了吃冰棒的孩子们，曾想过如果有一天自己有了钱，一定要买很多很多的冰棒，一次吃个够。可我等不到长大成人挣钱了，在那天就决定要当一个奢侈的人。于是，在电影院门口的一个冷饮摊，我在不到一个小时的时间里，吃掉了十根冰棒，打出的嗝都带着寒气，整个人像是刚从冰窖里走出来一样，走向电影院看电影的时候，整个人都是满足的、快乐无比的。现在回想起来，还是会有点起鸡皮疙瘩，但那个冰凉的夏天，就这样定格在我的脑海里。

夏天最热的时段通常是午后两点左右，但最难熬的时段，是晚饭之后，刚吞进胃里的食物在制造着热量，降温的方式就是冲一个凉水澡。在乡村的时候可以跳进河沟里，在夜色与河水的双重"夹击"下，能迅速凉快下来。到县城生活之后，没有河沟可以跳，就只能用自来水了。好在自来水在放出一段时间后，会变得凉凉的，那些凉的自来水，如同一股来自幽远之处的山泉，用它从头浇到脚，再热的人，也会很快有打哆嗦的感觉。

冲完了凉，回房间里睡是不可能的，被大太阳晒了一整天的屋子，像蒸笼一样难以忍受。可房顶就大大不一样了，在房顶铺一张凉席，起初的时候，被留在房顶水泥地面上的暑气，还会穿透凉席让脊背感到发烫，但用不了多久，等到星星都亮相的时候，等到月亮升到头顶的时候，白天的热就被夜晚的凉打败了。到了下半夜，有时候还会被冻醒，那是露水的功劳，摸一把脸上，是湿漉漉、滑腻腻的，但手感很好，明显是露水的透明与清亮，而不是汗水的油腻与污浊。这个时候是不舍得醒的，是一定要更深地熟睡下去的，良宵苦短，被露水包围的夜晚，当然是良宵最"值钱"的时刻。

因为有了这些记忆，我不怕夏天，有时候坐在办公室里，被开得太冷的空调冻得够呛，还会主动到外面走走，这时就感觉自己像一根冰棍，要融化在夏天温热的口腔里了。人在夏天，是不是感知力会更敏锐？不晓得别人是不是这样，反正我是的，我与夏天，真是非常匹配了。

春天的张耒

北方的春天很短，一不小心就错过了最美的时候。四季各有令人着迷之处，可毕竟错过春天的遗憾，要大过其他季节。

我书房里挂着一幅字，是作家杨葵兄所赠，上书的诗句"扫花坐晚凉"为宋代诗人张耒所作。杨葵兄的字写得有意味，再加上张耒的诗句更是意境无穷。偶感困顿的时候，就呆望着这五个字坐一会儿，心便慢慢安静下来。

"扫花坐晚凉"这句诗实在是好，不信你看，仅仅五个字，就包含了两个动作"扫"与"坐"，讲清楚了时间与温度，分别是"晚"与"凉"，地点也说得很明白，花是落在自家院子里的，作者坐的地方自然是在花树之下。坐的是什么呢？无非凳子或椅子。此情此景，还需有一杯茶相伴。

不过张耒或许喝不进茶水，因为这句诗还有上一句，即"漱井消午醉"，意思大概是说，中午喝的酒，醉意未去，用井水漱漱口，用来醒醒酒。古时井水甘甜，张耒若是渴，漱完口顺便饮下几口井水是很好的选择，冰凉的井水，也能消除胃火。

我一度误认为，张耒诗句得自秋季，毕竟秋季才是落花时，实则不然，后来找来张耒的《文周翰邀至王才元园饮》全诗读后，才知道张耒大概率是在春夏之交扫的花。春花落地，要么是开得最早的迎春花，要么是有场较大的风或雨急骤来去。春天的暖或凉，都令人舒适，扫花劳动一下，身上微微出汗，坐下休憩一会儿，或是人生一大享受。

张耒对春天情有独钟，《张耒集》就收录有《感春十三首》，整整齐齐，漂漂亮亮，能给一个季节写这么多首诗，也算高产。《感春十三首》里佳句颇多，比如"晴霞送斜日，历历星已布""折彼晓树花，嗅此凝露香""娟娟屋外杏，顾我如窥墙"……随便摘两句用毛笔写出来，都让人有很强的代入感。

苏东坡对张耒的诗句有这样的评价——不是吃烟火食人道底言语（《宋诗话辑佚》），又赞誉他的作品"汪洋冲澹，有一唱三叹之声"（《答张文潜书》）。而作为深受苏轼垂青与提携的"苏门四学士"之一，张耒一生都对苏轼充满感恩。在苏轼病逝于常州时，在颍州（今安徽阜阳）做知州的张耒无法奔丧，但即便如此，他还是身着丧服，向恩师与偶像致哀，并用自己的俸禄在寺庙修供，为苏轼祈祷。

因为追随苏轼的政治观点，张耒的仕途颇为不顺，不仅官职卑微，而且还常受时政影响屡遭贬谪。对贫民的同情，以及对社会现实的不满，使得张耒的作品始终有一股忧愤气息，即便在《感春十三首》当中，也偶有流露，比如"人生百无益，惟有饮庶几""自古无如何，悲歌欲何为""离别可奈何，还归举予觥"……这使得张耒笔下的春天，多少都有点清冷的气息。

这个春天，春满大地，无缘在春天自由行走的人们，读读张耒，或能隔空产生一些共鸣。曾经身在春天的张耒，心情也曾时不时地有些郁闷，但他用诗、用酒、用友情，来抵御着内心复杂的伤春情绪。爱酒之人，在这个春天很想与张耒喝一杯，然后跟随他或者他的诗，去山川河流、田野森林当中漫游一番，吹一吹浩荡的春风，感受一下这个季节的美好。

春天已在张耒的笔下永恒，我们的春天虽然在窗外一点点地流逝，但只要心中有诗，春天就不会走远。

听不到蝉鸣的夏天

　　家乡县城的清晨，街上人不多，但老电影院对面的马路边上挺热闹的。有一堆人在那儿摆摊卖知了猴。

　　知了猴的学名叫金蝉，"金蝉脱壳"的金蝉。在刚出土还没有爬上树的时候，知了猴的样子很丑，但味道却很香。许多人第一次吃炸熟了的知了猴时胆战心惊，但吃过第一口之后，就再也忘不了那股香味了。

　　前些年我在北京，曾经在下雨后，去小公园里"逮"过三只知了猴。所谓的"逮"，其实是"守株待蝉"，等它从松动的土壤里爬出来时，一把掠走。三只知了猴炸熟了，不舍得大口吃掉，每只又切成了三小块，慢慢地品尝了半天。

　　童年时，我在乡村有很丰富的抓知了猴的经历与经验。最好的时机，是傍晚一场暴雨过后，带上手电筒和螺丝刀，到树林里，观察地面，看到有黄豆那么大一点的"洞口"，就用螺丝刀插下去一挑，便能把知了猴"抓获"了。

　　被从土壤里生擒活捉的知了猴是可以吃的，一旦它们上了树，在阳光下打开五彩斑斓的翅膀，成了名副其实的蝉，就不能吃了。

　　关于知了猴是不是受保护动物的问题，网上有过争论，有人认为是，有人认为不是。认为知了猴应该被保护起来的人，觉得现在吃知了猴的人太多，快把它吃绝种了；对此不以为然的人则觉得，知了猴非但不是国家保护动物，反而对农林有害，吃知了猴，一定程度上是保护了树木。

可即便知了猴是害虫，把知了猴吃绝种了，也不见得是好事。有段时间我有些忧心忡忡，因为耳朵里很少能听到蝉鸣了，心里想，是不是知了猴真的快被我们吃绝种了？没有蝉鸣的夏天，还能叫夏天吗？

对于夏天的记忆，是必然少不了蝉鸣的，罗大佑那首影响了几代人的歌曲《童年》，第一句就强调了蝉的重要性——"池塘边的榕树上，知了在声声叫着夏天"，这句歌词，恐怕是献给知了猴最具知名度的"颂词"了。

古人也曾为知了猴写过诸多经典的诗句，比如唐代骆宾王曾写"西陆蝉声唱，南冠客思深"；同为唐代人的毛文锡写过"暮蝉声尽落斜阳，银蟾影挂潇湘"；宋代晏殊写过"湖上西风急暮蝉，夜来清露湿红莲"……

我也想给知了猴写几句令人印象深刻的句子，但是很遗憾，除了每到夏季，会经常把它们变成盘中餐外，并没有"为它写诗"的冲动，只要一想到"蝉"这个字，脑海里便会响起它们在夏天撕心裂肺的鸣叫。

蝉鸣作为一种来自自然的声音，已经被深刻地写进许多人的记忆里。很久之前，我坐在教室里听不进老师讲课、思绪四处神游的时候，我在闷热的家里看着外面的大太阳发呆、想出去玩又怕热的时候，我有了小孩子的心事但又不懂得如何表达的时候，蝉总是在添乱，它好像在拼命地喊"烦，烦啊烦"。

不过，现在我已经对蝉鸣没有丝毫厌烦了，相反，还有些更希望听到蝉鸣的念头，以验证这还是个纯粹正宗的夏天。

某天中午，或许是外面实在太热，人们都躲起来，工地也停工了的缘故，有那么半个多小时，嘈杂的蝉鸣从窗户涌进来，如此清晰，如此真实。于是我知道了，这个夏天不是没有蝉鸣，而是户外的噪声实在太多，把蝉鸣都盖住了。

　　以前的夏天安静，现在的夏天热闹，这就是蝉鸣"消失"的原因。我知道有些事情确实变了，而有些事情确实会亘古存在，比如在黑暗的土壤里拼尽全身力气想要挣脱出来的知了猴，比如躲在树叶背后大喊大叫的蝉，它们试图告诉人类，这还是美好的夏天。

　　"你们要学会听得到啊。"在假想当中，我仿佛听到了某一只蝉，发出了这样的劝告。

雪不来，除了等还能怎么办？

又到一年盼雪季。全国各地的雪都纷纷地落下来，只有北京的雪还没动静，偶尔个别地方飘着几片雪花，但还没等天亮人们起床，就被汽车尾气给融化了。有人说了一句有点儿刺激人的话——全中国都在背着北京下雪，引起了不少北京人的共鸣。

关于北京的雪，朋友圈里的调侃已经够多了。"没有雪，今年北京成不了北平了""北京的雪，你迷路了吗""昨晚北京下的雪，是贫雪"……不怪朋友们对雪热切期盼，合肥、上海、南京都大雪纷飞了，北京还这么沉得住气，怎不让人心急。

有些外地朋友，讽刺他们那些在京工作的熟人"不下雪活该"，话里有话啊。想想也是，每每说到北京，都说这里的许多领域，都有全国顶尖的资源，包括顶尖的高校、顶尖的医院、顶尖的公共交通……要是再加上一场最美的雪，用那句网络俗语说——北京你怎么不上天？

没雪是遗憾，有雪是麻烦，不知是否还有人会记得十多年前让北京交通彻底瘫痪的那场大雪。我经历过那场大雪，全城环线变成大型停车场，下班的人们多被围困在公交车里，私家车主把车停路边打着双闪下馆子吃饭去了，许多人选择步行，因为步行还产生不少感人的故事，大雪结束之后报纸情感版面上发表了不少这样的故事……我记得那年，从公司到家，连跑带走，总共耗时八个多小时，回家没睡几个小时，就又该起床上班了。

那是北京唯一的一次大雪围城，后来几年也下过雪，不过因为下得不大，再加上市政部门准备充分，没有造成大的困扰。人们欣慰之余，也有小小的失落。不乏有人想重温一下当年步行穿城回家的盛况——雪打破了正常的交通秩序，强行拖拽住了人们匆忙的脚步，硬性要求大家从固有的生活形态里走出来，看看雪，感受一下城市的呼吸，了解一下自然的力量，多好。

今年北京人盼雪，无非也是这个心理。雪成了这个城市的人们的共同语言。对了，"养电子青蛙"也是当下的热门话题之一。雪与蛙让社交媒体上热闹非凡，其实背后都是人们内心孤独的表现。想想挺心酸，平常的生活，能让人产生喜悦的事物太少了，一场远在高空酝酿的雪，一只喜欢流浪、出走的电子青蛙，都能如此牵动人的心。所以，人心不是麻木，不是缺乏敏感，而只是需要那么一点点外部力量进行一些干扰。

无论对于城市，还是对于人，雪都是外部因素，因为它的不确定性，城市与人才对它既期盼又有点儿担忧。又因为它的不可抗拒性，大家才会心安理得地让视线离开各种屏幕，暂时放下手头的工作，去欣赏雪，玩雪，把雪请进自己的生活里，在内心说一声"久违了，这种快乐的感觉"。

人们久违的东西太多了。大城市如同怪兽，它把所有人串联在一起变成"人体蜈蚣"，无论抬头看天还是低头上班，动作都是一致的。想体会童心，寻找真正的快乐，发现人与人之间的关系最真实、真诚、温暖的那部分，都需要穿过层层迷雾，才能勉力到达心灵那个柔软的层面。在这样的氛围里，雪成了一句口号、一个符号、一面旗帜，雪从天空纷纷落下，如同天使攻城，冰凉的雪花落在疲倦的面庞上，让人产生一种感动，甚至让人泪流满面。

　　人们喜欢小雪、中雪、大雪，任何样式的雪，大片的雪花，小滴的雪粒，都好。人们之所以对雪如此厚爱，是因为雪在一定意义上，是宽容、大度、平等的表现。雪来了，它下在富人的庭院，也落在穷人的屋顶。孩子们在雪中奔跑，那一刻他们都变成了真正的孩子，而不是书包的载体。

　　雪来的那一刻，无论是身患疾病的老人，还是争吵的朋友，抑或对城市生活已经厌倦打算买一张火车票离开的漂泊者，都不约而同地看向了窗外，看到生活的本质其实和雪一样洁白无瑕。每个人出生时都是"原创"的，只是活着活着就成了"山寨"的，雪，让我们回到了"原创"状态。

　　冬天，只有寒风是不够的，还需要有雪。雪不来怎么办，除了等，还能怎么办？

认识一百种植物

　　往年暑假，我会带孩子全国各地跑，今年改主意了，想整个暑假的大多数时间，在老家待着。女儿上四年级了，以前从未在老家停留超过一周的时间，自然对故乡风物少有了解。我征求她的意见，她立刻同意了，因为在她看来，县城与乡村的生活，是完全陌生而新鲜的。

　　像往常一样，初回老家的前几天，是各种饭局、聚会，等到忙完这些的时候，可以到树林、田野与自然中去了。住所的马路对面，是一片数千亩的栗子林，步行过去也就五分钟的时间，而在从前，是需要骑着摩托车过去。小城扩张得很快，当年的荒凉之地，如今也有了繁华的景象。

　　这片栗子林，在少年时代，给我留下了许多记忆。以前的夏天，我经常到这里，找一棵看上去最大的树，把自己的身体"镶嵌"到分叉的树干中间，睡一个很香的午觉；或者拿一台装着黑白胶卷的相机，拍下一些照片……栗子林中总是阴凉的，从来不会让人感受到酷暑的威力。

　　雨后的栗子林，树下的沙土踩上去软软的。给女儿指看树叶间结的那些果实，一开始的时候，和树叶同色的栗子壳，很是考验人的视力，等到眼睛适应了林中的光线，那些浑身长着毛茸茸的绿刺的栗子，便一个个地现出原形来，它们的身体都是圆乎乎、胖嘟嘟的，看上去很萌。

　　女儿吃过炒熟的栗子，但这却是第一次近距离看到刺猬一样、正在生长发育期的栗子，她很开心，但她有一点小心翼翼，不敢触碰栗子壳外表的绿刺。我把枝头拉低，让她向我学着用手指轻轻触碰栗子的绿刺。触摸绿刺时手指传来轻微的痛感，这是栗子在保护自己。"看到没有，栗子这么年纪轻轻，就懂得用浑身的刺来保护自己了。"我对女儿说。

在一片片的栗子林中间，会有一小块一小块的土地，这是附近的人开辟出来的，种了一些容易生长的庄稼，比如高粱、绿豆、豇豆、玉米、落花生等。这些食物，大多数出生在城里的小孩子们是吃过的，知道它们的味道，却不知道它们是在什么样的"身体"上结出来的。我摘了几枚熟透的绿豆荚给女儿，她站在小路上开心地剥了起来。一粒粒翠绿的绿豆，从黑黄的豆荚中蹦了出来，像是冲破黑暗迎来了光明，浑身带着新生的喜悦。这十来颗绿豆被女儿带回家放在玻璃杯里保存了起来。

花生正是生长旺盛的时候，每一棵都是那么葱茏，每一片花生叶都是绿意盎然，营养充足的样子让人喜欢，没有一片"面黄肌瘦"。土地真是神奇，土壤真是"汁液"丰富，投进去一些种子，就能给你贡献出一块充满希望的粮田。花生的肢体与叶片，吸收着阳光的能量欣欣向荣，本来干瘪幼小的花生果，在伸手不见五指的土壤里变得洁白、饱满，等到有一天被人们一锨挖出或者一把拔出，那些果实也会在突如其来的光亮下抖擞起来吧。

女儿对于花生的这种生长、结果方式是好奇的，她蹲在一株花生面前研究了许久，想要弄明白花生地上生长与地下生长的关系。一些粮食，是挂在枝干上成熟的，另外一些粮食，则是埋在土壤里成熟的，它们都是可爱的粮食，如果不了解它们生长与收获的过程，又怎会对它们心生热爱呢？

我是做过农活的人，自认为认识所有的庄稼，但这一次还是闹了点笑话，误把一株高粱认成了玉米——这是怎么搞的，为什么现在的高粱的叶子，会那么像玉米的叶子？我记得，以前高粱的身材是高高瘦瘦的，叶子也是细长的，但我那天看到的高粱，分明长着玉米一样宽大的叶子。最后帮我确定那株植物身份的工具，是手机里安装的植物识别软件。如今只需要拿出手机，打开拍摄功能，对着目标拍一张照，用不了两秒钟，答案便出来了，这真是植物盲的福音。

记得看过一篇文章，说在大城市出生并长大的孩子，最多认识二三十种植物，有的孩子甚至还认识不了这么多，这是完全可能的。韭菜与麦苗有什么区别？大人都不容易分辨出来，更别说小孩子了。

在老家大自然中闲逛的那几个早晨，女儿只认识路边各种草中的一种——狗尾巴草，这种草的知名度实在太高了，估计所有小朋友都认识，但除了狗尾巴草，其他像稗子、小鸡草、沿阶草、彩叶草、刺蓟、葎草等，一律都是认不出来的。我之所以能认出来，也是借助植物识别软件的结果。以后能认出田地里一半以上植物的人，或许不会太多了，再以后，恐怕绝大多数人想要知道植物的名字，都得依靠软件与互联网。

女儿在路边发现了一种很独特的植物，它的叶片很肥厚，周边长了几枚小刺，据她形容，说是形状像牛魔王夫人用的芭蕉扇微缩版。我很好奇地用手机软件识别这种植物，软件给出的名字叫"猫儿刺"，也叫"老虎刺"，意思是这种叶片的形状像猫或老虎的脸庞。没能得出类似"牛夫人的芭蕉扇"这样的名字，女儿有点儿失望，但据此也记住了这种植物的名字。

经过几天的寻访，女儿已经喜欢上了这种田野行动。她真切地了解了一些植物，看到了它们的形状，知道了它们的特征，品尝了它们的味道。其中，最令她感到震撼的是，一株野花椒树的味道。果实还处在青涩期的野花椒树，已经有了它独特的辛辣与清香气味，把花椒送到鼻子下，深深地吸一口气，花椒的味道直入肺腑与脑海。这样的味道，是一种礼物，这种礼物，无比清楚地解释了人与大自然之间的关系——人是依附于大自然而生的，人行走在自然中，每走一步都有可能得到自然的馈赠，这是一件多么令人感激的事情。

这个暑假，女儿想要认识一百种植物，这也是一些植物研究工作者对孩子们的一个期望。当然，想真正记住这些植物是困难的，好在方法比困难多，只要在一段时间里，频繁接触，反复确认，应该也不是什么难事。等到暑假结束的时候，如果一个孩子很高兴地宣布认识了一百种植物，这该是一件值得小小骄傲一下的事情。

歪脖子树后的黄昏

在老家的一个景区游玩，傍晚散场，我步行往停车场的方向走。停车场建在一个矮山坡上。在城市的地下车库停车，需要用手机拍一下照，记录一下车位号，以防找不到。车停在山坡时，我习惯性地拿出手机，才发现地上没有车位号。为防尴尬，还是习惯性地拍了一下。一棵歪脖子树，就这样出现在手机画面里。那就把这棵歪脖子树，当成我的车位号吧。

一直弄不明白，歪脖子树是什么树。梨树？杏树？槐树？……我不知道。但看见歪脖子树的季节，大体是冬季。夏季的时候，枝叶繁盛，树被叶子簇拥着，树脖子也显得不那么歪了，所以容易被忽略。冬季寒风凛冽，歪脖子树的出现，更容易让人感到萧瑟，甚至看到它会忍不住打一个寒战。

在我的潜意识里，对歪脖子树没什么好印象。盆景不但有歪脖子造型，还扭曲，但因为有美学的参与，并不觉得它畸形。而歪脖子树不一样，它仿佛是与残酷自然环境对抗的结果，像是遭受了某种惩罚，注定在人的眼睛里，以扎眼的形象出现。童年时，歪脖子树上常蛛网丛生，偶尔树上站只乌鸦，"嘎嘎"叫上几声，更是倍显凄凉。每每遇到歪脖子树，都是绕着走，绕不开的时候，就上前去踹一脚，把乌鸦踹走。

我在老家景区山坡停车场看到的这棵歪脖子树，太正宗了，它具备一棵经典歪脖子树的形、气、神、韵，树上再落上一只什么鸟，就能与童年记忆中的歪脖子树百分之百地吻合了。一辆来自千里之外城市的铁皮汽车，停在这样的一棵树下，回头看过去，是一幅差异性很强的景象。要是一匹马或是一头驴子拴在树下，就显得合理多了，像国画。可一辆汽车停在这里算什么？算时空穿越，算 2022 年的人走进了蒲松龄创造的《聊斋》世界吗？

转过一条狭窄的山道，眼前的视野豁然开朗。夕阳正在西下，暮色四合的时刻，不该是一片朦胧吗？可我的眼睛，却被暮色洗得清亮，就像是新换的近视眼镜那样，一切清晰得不可思议。我寻找自己停车的位置，那棵歪脖子树，一下子就从它众多的树木邻居中跳跃出来，非常显眼地标示出自己的形象，像一名弯腰驼背但又面目慈祥的老人，用它的肢体语言远远地冲我喊："我在这里呢，替你看着车，别着急，慢慢来。"

既然它告诉我要"慢慢来"了，那不妨停下脚步，拍摄一下这大美的黄昏。歪脖子树后的黄昏，只有"大美"一词才能与之匹配。夕阳的余晖给无边无际的山脊，披上了一层金红色的衣裳，一阵风吹来，霞光像海浪一样安静地翻滚。我第一次知道，山区傍晚的景色也是有层次的，有远景、中景、近景。光线的变暗并没有阻止这个世界努力地展现它的美。相比于黄昏的澄亮、多彩与丰富，白昼一下子显得太单调了。

月牙已经升空，银白色的月光像一包撒开的糖，落在山坳里积聚的霞光中，这么看来，还真像是往一杯焦糖咖啡里再放一袋白色砂糖呐。这样的景色，真想让人凑近一些，啜饮几小口。一饮而尽那是不可能的，这个世界提供的美，足够每个人都饱览一顿。可惜的是，这么值得沉浸其中的场景，就这么白白地流淌着、浪费着，城里的人们现在又该推杯换盏了，他们要是能在这景色中畅饮，该是多么幸福。

我站在歪脖子树下，它挡在我的视野前面，却没有任何阻碍感，歪脖子树后的黄昏，依然如此庞大、如此自在、如此震撼。古语说"一叶障目"，但作为一棵树，歪脖子树却丝毫没有占有欲，它知道自己是细节、是点缀、是花边，即便你用看主角的眼神去看它，它仍然会保持疏离，让你的视线穿过它，贪婪地去捕捉那些转瞬即逝的画面。

　　驾车离开的时候，见后视镜里的歪脖子树，站在山坡上有些孤零零的，心里忽然有些不好受起来。我曾那么长时间对歪脖子树抱有莫名其妙的偏见，然而通过一场视觉与心灵上的洗礼，它以新的形象在我心里站立起来了，比枝叶繁盛时要美，比果实累累时要美。在车子转向公路就要疾驰起来的时候，我按了一下喇叭。它会听到，也应该会理解吧：这是属于朋友告别时发出的一声问候。

第二辑　随身照相馆

（往事与回忆）

旧　衣　裳

　　我有一件蓝黑色的半袖棉 T 恤，穿了大约有一两年的时间，洗了几十次，已经没法正式穿出门去了，但是把它当家居服穿，还是很舒服的。夏天刚洗完澡，身上还有没擦干的水珠，把那件旧 T 恤套在身上，水分会瞬间被吸干。这个过程，皮肤能清晰地感知，然后通过神经传输给大脑中枢，从而产生某种快乐。

　　在装衣服的箱子里，我总是能一把抓出那几件旧 T 恤中的一件——它们带来的手感不一样，经过洗衣机无数次的摔打，它们比新衣服要绵软许多，经过太阳光无数次的穿透，它们仿佛也吸收了更多阳光的能量。

　　旧衣裳是带着"味道"的。我小时候穿过叔叔的上衣，衣服的后背有一些波纹形的白色痕迹，那是流汗之后留下的盐分。乡下的井水，是无法彻底把那些盐分洗掉的，久而久之，旧衣裳就有了盐的味道。

　　现在的洗涤技术很先进了，不但有各式各样的洗衣液、带香味的柔顺剂，还有"高温洗""消毒洗"。奇怪的是，尽管手段很多，还是没法彻底去除一个人在衣服上留下的味道。旧的衣服，熟悉的味道，会给人带来一种安全感，也许这就是那么多人喜爱穿旧衣服的原因吧。

　　一次，我与一位老先生结伴到外地游玩。在某著名景点拍照留念的时候，他忽然说，二十年前，他就曾身穿现在穿的这件 T 恤在同一个位置留影。大家都很惊讶，惊讶的是他那件衣服居然可以穿二十年。能陪伴一个人二十年的物件，无论是什么，都会让人产生感情。

爱穿旧衣服，不是不喜欢新衣服，也不是不舍得丢掉旧衣服，而是有诸多复杂的因素，让人对旧衣服念念不忘。这里面，除了"物尽其用"的观念，恐怕还有很重要的一点——旧衣服是带着情感的。我甚至觉得，旧衣服的一根根纤维，就仿佛人身体内的一根根血管，是流动着记忆与情绪的。

我当"奶爸"时穿过的衣服，现在还留着几件。我穿着它们抱女儿出去玩，去打疫苗，排各种各样的队。她经常在我怀里睡着了，汗涔涔的额头抵在我的领口或胳肢窝，留下一种属于娃娃的气味，怎么洗也洗不掉，我经常嘲笑她，说她臭烘烘的。从女儿的婴儿到幼儿时期，我的衣服就是女儿的随身手绢，她在衣服上擦口水、擦鼻涕，头一低就蹭上来，小牛犊一样，让人躲也躲不开。我留下的那几件衣服，算是我们父女感情的见证。

在过去，给一个人买衣裳或者互相换衣服穿，是表达感情的方式之一。大人表达对一个孩子的喜爱，会说"走，带你到服装市场买衣裳去"；大人之间互相表达感情，也是送衣裳。在家乡的酒局上，经常看到我少年时代的朋友们喝了几杯酒，说话说得开心了，便把自己穿的衣服扒下来送给对方。送的这件衣服，因季节不同，可能是一件价格不菲的皮衣，也可能是一件稀松平常的外套，甚至是一件还带着对方汗味的T恤……有的朋友不仅互换衣裳，还互换腰带，真不明白整这套为的是啥，但我目睹这一幕的时候，会莫名地觉得开心。

在"旧衣裳"和"旧衣服"之间，我偏爱前者。《周易·系辞下》记载，黄帝尧舜"垂衣裳而天下治"，那时"衣裳"的说法就很普遍。唐代诗人似乎对"旧衣裳"情有独钟。李群玉写下"曾留宋玉旧衣裳，惹得巫山梦里香"，情意绵绵；韩偓所作"病起乍尝新橘柚，秋深初换旧衣裳"，漾着温情，意味深长；元稹的句子"殷红浅碧旧衣裳，取次梳头暗淡妆"，透出朴素、随性之美。

　　"衣不如新，人不如旧"，这句话年轻人深以为然，然而人到了一定的年纪，会对新衣失去兴趣。旧衣如旧友，都有温暖妥帖的感觉，穿旧衣会旧友，亦会产生岁月不老、我们未变的意味。

没电的年代

整个20世纪80年代，我都在山东乡村度过。童年那会，电本就很稀罕，不少人家只有一个灯泡，只在吃晚饭的时候点亮一下，吃完饭就关灯了。停电对生活影响不大，因为灯泡是个"奢侈品"，有它没它，都不耽误小孩子们天黑后满村乱窜、招猫逗狗。

对了，那时候乡村的月亮特别亮，照在地上明晃晃地，有点吓人。过分亮的月亮，消弭了不少缺电的遗憾。

有电，就会有停电。经常是，正亮着的灯泡，忽然灭了——还会伴随"滋啦"一声响。这时，家人就会迅速点亮煤油灯，无缝衔接的快。可以说，刚开始有电的很长一段时间，煤油灯仍是主流的照明工具。

停电后，孩子在煤油灯下写作业，家长搓玉米粒、补衣服，安安静静，各忙各的。突然来电，反而会打破这种平静，仿佛提示人们，电来了，也该洗洗睡了。

20世纪90年代，我在县城上中学。老师说："你们晚上去厕所的时候，不用每次都把灯关掉，不然下一个人再开，一关一开浪费的电，比一直亮着灯时还要多。"这是一种科学的省电之法。

可是在家里，如果人走灯不灭的话，一定会被家长批评的。批评多了，我就养成了一种肌肉记忆，哪怕不是在自己家，在别处（比如走廊）看到有灯亮着却没人时，总忍不住想找找开关在哪儿，给它关掉。

　　少年时期的我，特别迷恋自己寻找或制造"电源"的事。手电筒，算是中学生能拥有的唯一"电器"。在停电或被家长喝令关灯后，它可以让我偷偷在被窝里看小说。一本厚厚的《西游记》，就这样被我打着手电筒，在被窝里看了四遍——生生地把眼睛看近视了。

　　另外一种自己"发电"的方法，是积攒零花钱，买来一只可以固定在自行车轮毂旁边的微型发电机。晚自习下课的时候，用蹬自行车发出来的电，点亮装在车头的灯，可以照路，也能吸引不少同龄人羡慕的眼光。这是件挺让人神气的事。

　　20世纪90年代的小城，大概一个月总要停几次电。作为居民，停电带来的影响，现在看来算不上什么大事，顶多是看得正热闹的电视剧看不成了。但对于十来岁的孩子来说，停电反而成为一个"干大事"的契机：骑着自行车，在黑咕隆咚的街道上横冲直撞；到田野里堆一堆干草"烧荒"……

　　电作为文明的象征之一，它的短暂缺席，仿佛可以释放人类骨子里亘古存在的某种野蛮，使得他们有冲进黑夜与大自然撒欢的冲动。

　　回望过去20年，我们有电的日子，真的不算长。但长期以来平稳的电力供应，给人带来了很强的安全感与信任感。对很多生活在都市里的人来说，除了小区偶尔因为维护电路，需要停几个小时的电外（通常也安排在午夜），全年365天不断电，已很正常。

　　我以前有买蜡烛以备停电的习惯。如今算来，蜡烛在家里消失，恐怕有十年了——过去的停电焦虑，早就被成功治愈。

　　最近这几天，多省电力供应紧张，波及居民用电，触发了人们对电的依赖情绪。和二十年前不一样，现在大家的吃喝拉撒、衣食住行，无一不与电深度捆绑。有人说，停水、停电、停网，堪称现代人三大焦虑源头，让人抓心挠肝，难以安心。

　　我们已经没法回到过去的缺电年代。电，已不仅是经济学意义上的能源和资源，也是寻常百姓每天不可或缺的一部分。

　　没电和缺电，都无美好可言。这样的状况，短期也不能通过别的方式来弥补。唯愿这一难关早点过去，大家尽快回到不用担忧停电的安稳生活。

姐姐是片宁静的海

你能相信吗，张楚54岁了。当五十多岁的张楚站上舞台，被台下的年轻歌迷要求唱《姐姐》这首歌的时候，总有年龄大一些的歌迷感觉到别扭——求求你们，别让张楚唱《姐姐》了。

张楚曾经因为被反复要求唱《姐姐》而变得脾气暴躁，曾发誓再不唱《姐姐》，但结果怎么样？一直到今天，他还是需要唱《姐姐》才能让台下的观众躁动起来。

我忘记了1992年的冬天有没有雪。北方的冬天如果没有雪，会很奇怪。但记忆里恰恰有几年冬天，是没有下雪的。《姐姐》第一次公开发表，是在1992年6月，它被收录于《中国火》专辑当中，第一句歌词就是"这个冬天雪还不下"，这导致以后许多年，我都固执地认为，1992年那年的冬天，没有雪。

无雪的冬天是干燥的，脸上和嘴唇上，时常有沙光顾之后留下的味道：涩与苦。风顺着衣袖和裤管钻了进来，把身上仅存的一点点暖意带走。有些大的衣服因此显得更为宽大，宽大到像是无衣在身，让人觉得羞耻。每每看到旷野里有一株孤单的树，这种莫名的耻感也会油然而生，对此感受，张楚用另外一首歌——《孤独的人是可耻的》讲述过。

不下雪的冬天，是一切悲剧的开始。喝醉酒的父亲一头栽倒于门槛后面再也没有醒来，而前一分钟他还试图挥舞拳头想要教训院子里的空气；姐姐的房间在黑暗的乡村洁白耀眼如同天堂的模样，可屋里的芳香，终归没法涤荡猪圈与臭水沟里飘来的味道。她嫁了人，"看上去挺假"的，不是她那穿过人群走向田野的弟弟，而是她的强颜欢笑。

张楚有一个他在歌里唱过的亲姐姐吗？我在搜索引擎对话框里输入这样的问题，但最终还是删除掉了，没有按下回车键。这样的问题，同样没法去问海子。

1987年，张楚离开西安，成为一名北漂，长期混迹于北师大宿舍，和中文系的朋友们挤住在一起。他最重要的歌都写于这一时期。那时候他还不像成名后那样寡言少语，甚至可以说有点活泼，他会在课间的时候闯入教室走上讲台，对还没离开的人说："我又写了一首新歌，现在想唱给大家听，愿意听的朋友可以留下听。"

《姐姐》的首唱，就在北师大的教室里。时间大概是上午。听众大多是女生。那时她们都变成了张楚的姐姐。没人知道，一首能代表时代心跳的歌，就那么简单、轻松地被唱了出来。当时教室里的一位女生，名字叫"丽丽"（一个多么标准的姐姐的名字）。她说她极为同情这个瘦小的男生，她也说听到这首歌后心跳变得很温柔。

因为抑郁，张楚于2001年逃离北京、逃回西安——西安是他回不去的家，可他硬要回，那是因为，没有比这哪怕再好一点点的选择。2021年，我在电视上看到过张楚，除了瘦小之外还增添了些苍老，并且一如既往地与周边环境格格不入。

小镇邮局

小镇邮局位于镇政府门前那条街的西侧，原先藏身于街道深处的一个小院，后来为了方便寄信人，搬到了街边。邮局一共有两层小楼，二楼有两间办公室，一间是局长在用，另一间空着，被我租了下来，用于写稿。

那是 1998 年前后，新世纪还没到来，人们的憧憬当中都藏着一点激动与不安。想想那会儿二十来岁还年轻的我，想要在小镇上凭借一支笔当一名作家来养活自己，理念还挺超前的。福克纳不就是一辈子都没有离开他那小小的故乡奥克斯福镇吗？

在成为局长的邻居之前，我在镇政府里工作，一手写着公文，一手写着诗和散文，文学梦醒了又做、做了又醒。那会儿每天最盼望的事情，就是等待邮递员送来党政办订阅的报刊，厚厚的一沓，到达传达室后，看门大爷电话通知我下来把它们抱走。邮递员有时候忙不过来，局长就会亲自骑着他的自行车送报，一来二去我和他就认识了。

记忆里，小镇邮局我能记得的，只有局长和两名投递员了。我尤其对局长印象深刻，因为他个子高高大大，脸庞圆润，表情憨厚，还总爱笑。经常在写不出字的时候，我会去敲开他的门，问他玩牌不，他故作正经，板着脸说："开什么玩笑，上班呢。"到了午饭的点，他端着餐盒扒拉着饭敲开我的门，带着点挑衅的意味说："打两把？"

　　局长也是个有牌瘾的人，但技术确实不怎么样，每次开始抓牌前，我心里都会叹息一声，心想"不好意思，又要赢钱了"。那个夏天的许多个中午，局长都会输给我二三十块钱，这份"收入"多数时候成了我的午饭钱，少数时候，我会邀请上局长和两名投递员下馆子撮一顿，吃辣子鸡，喝羊肉汤，酒足饭饱后我们各自踩上自行车回家。

　　两名邮递员从来不参与我们的牌局，他们偶尔围观，但观牌不语，偶尔发言，也是打趣说他们的局长牌技不行但宁输不屈。瘦高个的邮递员家中还有地，农忙的时候，赶时间送完信，还要回家忙农活。他家的农活，我也参与过，不过主要不是奔着干活去的，是干完活之后，在他村边的小酒馆里，混上一顿饭。

　　矮胖个的邮递员，是个整天笑嘻嘻的家伙。每隔三五天，我收到稿费单的时候，他只要看到我，就会挥舞着稿费单对我说："又是一笔巨款，晚上哪里喝酒去？"于是，四个人便约好，在街边熟悉的馆子里欢天喜地地小聚一下。菜也不多点，吃光了菜，又用馒头把剩的汤汁沾了吃掉。

　　有时候我从自己的办公室里走出来，去他们分拣报刊的房间转悠，想帮忙，也帮不上，只能在一边闲聊天。高个子的邮递员有时候会开玩笑："大作家，又来视察工作了？"我也跟他开玩笑："好好干，等局长调县里了，咱们镇的这个局长就是你的。"他又说："等哪天你调到北京了，别忘了我们，常给我们来信。""北京那么远，我才不会去呐。"——那时，还一次都没去过北京的我这么回答。

　　那会儿的日子真好啊。轻松，缓慢，生活的乐趣也很简单，中午打几把牌，晚上喝一顿酒，聊天的内容虽雷同，但仿佛也蕴藏了别样的默契与乐趣。我像上班那样，每天早晨从家里吃完早餐，就骑车去自己的办公室，远远地看到邮局的那栋二层小楼，就会暗暗地欢喜。后来偶尔看到"天堂大概就是电影院的模样"这样的句子，总忍不住会套用这句话，在心里念叨一句："天堂大概就是小镇邮局的模样。"

在小镇邮局"混"了不到一年，偶尔的一个机会我去了北京。决定下得很匆忙，但没忘记去和我的邮局朋友告别，局长在一个比较正式的酒馆请我吃饭，两位邮递员朋友也到场告别。他们三个人都说"别忘了我们"，局长说"别忘了你还赢过我那么多钱呢"，两位邮递员朋友说"有稿费还寄我们这来，替你收着，回来喝酒"……大家说着笑着，仿佛我只是到隔壁城市别的小镇出趟差，很快就能回来。

转眼就是二十多年过去，我的这个"差"出得有点长，至今还没有"告老还乡"。每年春节回乡过年的时候，忙里忙外也没去联系我邮局的朋友，时间再长一些，就彻底失联了。每每想到故乡，会想起小镇邮局的这三位朋友，也会对友情有一番感悟：这样淡淡的、又如沐春风般的友谊，何尝不是人生的馈赠？

每个人都只能陪你走一段路，在我二十来岁的那段路程中，我不知道理想与追求为何物，也不知道孤独与惆怅会让一个人"面目全非"，这或许是因为有邮局的朋友的缘故。正是有了这样的朋友，那段云淡风轻的生活，才会如风干的"牛肉"，现在品味起来，才如此津津有味。

我的租房故事

　　这几天，社交媒体上正在热议北京房租上涨的话题，其中有不少人提到黑中介。我是 2000 年 3 月到北京的，那会儿租房中介远不像现在这么普遍，房子都靠自己找，直接与房东打交道。因为对中介抱有戒心，在北京最初租房的那几年，我没找过一次中介。

　　刚到北京的第一晚，我住在朋友家，第二天天一亮，就奔上了租房的路程。我的第一间房子，租在北京亚运村北部的一个村庄，村庄的名字叫龙王堂，现在这个村子可能已经没了，因为那附近修建了鸟巢、水立方。但迄今为止，我都能清晰地记得从大屯路拐进龙王堂村的那条林荫小道，每每下班经过小道，都会觉得放松与惬意。

　　2000 年的北京，寻找一间可供栖身的房子还是比较容易的，差不多总有四分之一余量的房子，在等着它的入住者。我的第一位房东是个胖男人，他把院子最靠里的一间平房租给了我。记得当时的房租是每月200 元，不到我那时候月收入的十分之一，所以，房租并不会影响到我的生活。

　　因为不需要坐班，很多时候我在租住的房子里工作。院子里同租的人，有一个收破烂的河南小伙子，还有一对年轻的湖北夫妻。偶尔阳光好的时候，我们一起到小院里放风，彼此看一眼、笑一下，房东也会尬聊几句，颇有"大眼瞪小眼"的喜感。后来我们熟悉了，收破烂的小伙子经常喊我们去他屋里喝酒，他有辆破桑塔纳停在巷子里，喝了酒之后他经常晃荡着钥匙说要带我们去兜风，我们都羡慕他，说："你是我们院子里的'大富翁'啊。"

在龙王堂我换过三个住处，换的原因忘了，可能主要是图个新鲜。我第二次住的院子，是进村后的第一户，我的房间是进院子后的第一间，我经常对来访的朋友开玩笑"欢迎光临龙王堂一号院一号房"。我在北京的一些朋友，喝醉后没法回家，都曾在"一号房"睡过，比如学佛多年的老马，现在还经常念叨说，他在"一号房"住的时候，发现我半夜偷偷溜出门去，给挤在一起睡的哥几个买饮料。

我第三次住的是个很大的院子，大约住了十多户人家。因为我母亲来了，帮忙照看那时候也来京与我团聚的儿子，于是我便租了两间房，每间房租是 150 元。大院的早晨人很多，大家排队在自来水龙头那里刷牙，但有秩序，很安静。在这个院子里留下的生活记忆很多，印象最深的是，每天下班回来吃了晚饭后，打开朋友送的被他淘汰的旧电脑，勤奋地写稿子。来北京别无他长，只能靠写作改变命运。

在龙王堂住了大约两年，因为换工作，我需要搬家到位于南三环的铁匠营去。约了搬家公司下班后过来，但折腾完上路的时候，也快半夜了。搬家公司的车行驶到南三环快要到目的地时，突然坏了，只能临时打电话换车，工人把我的锅碗瓢盆等都卸了下来，坐着拖车一溜烟跑了，剩下我守着一堆堆放在南三环应急车道上的物品傻等着搬家公司的下一辆车。当时我真是年轻不知愁滋味，竟然觉得这事很好玩。

在铁匠营租的是一居室，房子位于楼房的第一层，南北通透，冬暖夏凉，记得房租是每个月 800 元，这个价格就逼近我月收入的三分之一了，压力不小。但为了保障生活质量，也得咬牙撑着。在铁匠营住的那几个月，正赶上 2002 年韩日世界杯，后来球迷都把那个夏季称为"那个疯狂的夏天"。我在租来的一居室里，看完包括国足在内的大多数比赛，觉得生活挺美好。如果不是因为一次酒后与朋友吹牛，也许我的租房生涯不会这么快停止。

那次吹牛，是因为与朋友喝酒时他说："每个月的房租差不多都够月供了，咱们要不要凑首付买一套房子？"那天确实喝了不少，当着老婆、孩子的面我不禁拍案而起，说第二天就去看房。结果，第二天去看房的是昨晚与我一起喝酒的朋友一家，我早打了退堂鼓。几个星期后再次相聚，朋友对我一顿骂，说我说话不算数，于是我只能硬着头皮践诺。

那会儿我手头只有6000元存款，而房子的首付最低需要25000元，于是，我贷款了1万元，又找岳父岳母借了1万元，刚好凑够首付，在通州买了一套小房子，价格好像是2400元一平方米。就这样，我的租房生涯结束了。当然，受传统观念影响，"房住不炒"一直是咱农村人的信念——房子嘛，有一套够住就可以了。所以在后来房价过山车般的颠簸中，我一次也没有动心过。

现在留在北京或者来北京闯荡的年轻人，房租压力的确太大了，有人说这已经是一个不适合"北漂"的时代。但不尽然，有梦想，还是要试一试并坚持一下的。

与灯光有关的记忆

　　我出生在20世纪70年代，那个时候乡村里是没有电灯的，主要的照明工具是油灯。所谓油灯，就是在一个小酒碗里放上灯油，再加上一根捻子，点燃后就可以用了。据说这样的油灯，在封建社会就是平民用灯。可以想象，在漫长的农耕时期，这么一盏微弱的灯光，曾在无数暗夜陪伴过多少人。

　　当时手头宽松一些的人家，会有一盏马灯。马灯的照明功能和油灯差不多，但因为外面笼了一层玻璃罩，外出的时候不怕风吹。我依稀记得童年时，村里人夜里外出寻人、寻牲口，会把马灯都借来。一路人马浩浩荡荡走向田野，灯光排成一队，煞是好看。吹马灯的时候，要拢住嘴，猛地用力向灯罩内吹一口气，劲儿小了，非但吹不灭，还有可能燎到胡子或眉毛。我那时候喜欢看大人吹马灯的样子，觉得很酷。

　　我奶奶吹油灯的样子，也给我留下了深刻印象。那时候就算油灯，也舍不得点，灯油来之不易，除了避免天黑吃饭看不到碗才点油灯，或者为孩子缝缝补补要点油灯，其他时间都是要将油灯吹灭的。"吹灭读书灯，一身都是月"，那是形容读书人的，对于孩子来说，正在看书的时候灯被吹灭，是很扫兴的事情。

　　奶奶吹油灯的时候，会用双手小心翼翼地把油灯拢住，那是怕灯花溅出来引起火灾，所以宁可让灯花溅到手心烫一下，也不能任由它们

"绽放"。伴随着奶奶吹灭油灯的，是吹气之后的一声叹息。说不好那声叹息，是因为劳作一天之后终于可以幸福地休息了，还是又要开始一轮有关一家老小吃穿用度的讨论。灯灭之后，奶奶和爷爷经常要说很长一段时间的话，那些话我听不清，但我猜很有可能是他们在讨论生存问题。

小时候读《聊斋志异》，常被蒲松龄写的故事吓得体如筛糠，但书里又有那么多的故事与细节描写令人着迷。其中蒲松龄有关灯的描写，时常能营造出融合了温暖与冷寂、安宁与惊悚等元素的氛围。他甚至写了个名为《犬灯》的短篇小说，说的是一盏灯"及地化为犬"，进入后花园又变身为美貌女子的故事。在书中，蒲松龄有许多关于荒野、寺庙、庭院里的灯火的描写，乃至于我现在想起这本书，率先浮现于脑海的，是一片空旷的环境中一灯如豆飘摇不止的画面，有种凄凉的美。

20世纪80年代中期，乡村的电灯就基本普及了，但受习惯影响，乡村人仍然像珍惜油灯那样珍惜电灯，随时保持着把灯拉灭的身体姿态。对于孩子来说，电灯灭掉的那一瞬间，就是心情灰暗的时候。但有一种灯可以亮很久，亮到午夜才灭，那就是路灯。因此，村口或供销社门前的路灯下面，总是会聚集很多人，大人们在路灯下打牌、抽烟、闲聊，孩子们在灯的光照范围内奔跑打闹。有的孩子，跑着跑着就偷偷跑回家睡觉去了。也有的孩子跑着跑着停了下来，抬头痴痴地望着路灯，一直望一直望，把路灯当成了月亮。

我拥有第一盏私人的灯，是中学时不知道从哪儿得到了一枚手电筒，装进两节电池就可以用许久。这可彻底实现了我的灯光自由，在家里熄灯之后，我就打着手电筒在被窝里看书，一本厚厚的《西游记》，一口气连看了四遍，结果把眼睛看近视了。

中学的时候上晚自习，放学时要经过一段长长的没有路灯的土路，于是便琢磨自己创造照路的灯：一个小小的发电机，固定到自行车后轮那里的钢梁上，蹬自行车的时候，发电机发出的电带亮了置于自行车把的射灯，就会照亮前面的路。这个发明，很多男生都不约而同地去实践了，于是晚自习后放学的路上，一辆辆自行车闪烁着灯光，很是令人愉悦。我每次想到这个场景，就会想起一首歌：《星星点灯》。

古代的著名诗人，作品里没写过灯光烛火的恐怕不多。为黑夜里的那一点光亮写诗，是一种本能，也是一种期盼，借由灯火散发的情感，更是覆盖世间万事万物。欧阳修写的"去年元夜时，花市灯如昼。月上柳梢头，人约黄昏后。今年元夜时，月与灯依旧。不见去年人，泪湿春衫袖"是千古名作。但我更喜欢元稹所写的"洛阳昼夜无车马，漫挂红纱满树头。见说平时灯影里，玄宗潜伴太真游"，这首《灯影》，个中意味悠远绵长，浪漫中有一点点的伤感，与灯和影的飘逸气质都相符。

现在，很多城市包括乡村，在重大节日亮灯已成固定流程，欣赏灯景也成为现代人思古的一种方式。只是，以电为光源的灯，虽然充满高科技而且更加实用，但总比过往的燃灯方式少了一点什么。认真想来，除了没有烟熏火燎的尘世味道，缺少的恐怕还有那么一点对诗意的向往与追求吧。

送　信　人

　　我搬了家，住到了离旧家二十余公里外的地方，但通讯的地址，还是老地址，所以每逢有重要的邮件，就会收到邮递员的电话。我把邮递员的号码存了起来，手机响时看到屏幕上显示的是"邮递员"这三个字，内心便有了温暖、妥帖与愉快的感觉。邮递员的话不多，每次都是一句"邮件我给您放邮箱了啊，记得回来拿"，时间久了，我便不由得把他当成了老朋友。算来算去，一个月当中接到的电话，竟然属邮递员打来的最多。

　　我有邮递员情结，这个情结童年时就有。在村子里，每每见到邮递员穿着制服、骑着自行车、一路按着铃铛潇洒地在路上来回，心里便羡慕得不得了，觉得这真是个帅气的职业。以前人们爱用什么词形容邮递员来着？对了，是"绿色天使"，因为他们总是带来好的消息：谁的案件平反了，谁家的孩子被大学录取了，谁在远方的亲戚来信了……这对生活在偏僻乡村的人来说，都极让人羡慕。邮递员的一声铃铛响，就意味着有人的命运也许要发生改变了，这能不让人激动并感恩吗？

　　童年时我家极少有邮递员上门，每次看见那位"绿色天使"从我家擦门而过，心里就会有小小的失落。我多希望父亲能把邮递员叫停下来，哪怕请回家喝一杯茶也好，可惜父亲太忙，抑或觉得他这辈子与邮递员不会发生什么联系，从来没有请邮递员回家坐坐。

初中的时候，我去镇里上中学，实在忍不住了，快到放寒假的时候，提前给家里寄了一封信，写的是我自己的名字，放假回到家后，果然那封信很准确地投送到了。很遗憾，我没亲眼看到邮递员送信到我家的情形，不然的话，我肯定会和他聊几句，没话找话也要聊。后来，类似的事情我还做过几次，每逢升学、转学或者搬家，都会第一时间给自己寄一封信，测试一下新地址能不能收到信。

为了每天都收到信，我在镇政府找到第一份正式的工作后，订了许多份杂志与报纸。邮递员每天都会送来一大捆邮件到传达室，属于我的那份，会单独卷成一卷，每天把那卷邮件带回办公室细细地查看，成为一件让我很快乐的事。

后来，我还真如愿以偿地与邮递员成了朋友，那是因为有段时间我的办公室搬到了镇邮局的二楼，如此一来就方便了。我每天和小镇邮局的局长、邮递员都打照面，下班没事的时候，就和他们玩牌，赢了的人请大家去附近的小饭馆吃饭、喝酒，我与他们结下了深厚的友谊。那段时间，我的邮件不需要送了。每次分拣完毕，邮递员会把我的信留在分拣室的一个角落里，我自己过去拿。"北漂"离开家乡之后，我在长达五六年的时间里，还经常做梦梦到我的邮递员朋友喊我取邮件，醒来总是会惆怅一会儿。

"北漂"的时候没有固定地址，我便在邮局租了一个信箱，一租就是十年。这个信箱就是我在北京最稳固的家，无论搬了多少次家，这个邮箱的位置总是不变的，想来，这是漂泊他乡时，少数令人感到踏实的事情之一了。家里人、远方的朋友、陌生人，想要在北京找到我很容易，往这个信箱寄一封信就可以了。十年间，我也与我租信箱的这个邮电局支所的大多数人成了朋友。

这些年，只要是与邮递员、与信件有关的文艺作品，都会让我产生很大的兴趣。智利作家安东尼奥·斯卡尔梅达写过一本书名字叫《邮差》，讲的是渔民的儿子马里奥·赫梅内斯为了能与诗人巴勃罗·聂鲁达通信而选择当了邮差。这个笨拙的送信人，在聂鲁达的影响下学会了写诗。

中国作家的作品里也有不少有关送信人的描写，书中写到的送信，大多数时候还不是写在纸张上的信，而是民间流行的口信。这些口信要么是约定两人相见的时间与地点，要么是转告远方亲人带给家属的话，甚至还带有"汇款"功能，比如让人帮忙带钱。几十公里，几百或上千公里，一个口信就这么颠沛流离地被带过来了。这个口信是多么的重要，一个记忆错误，本该相见的人就错过了；一个坏心眼，改变一下词义，就把本来美好的事变邪恶了。因此，送口信的人，道德必须特别高尚，才能把信不变味地送到，帮人把事办妥当。

手机通信与移动智能时代，不太需要送信人了。可我还是想念从前的邮递员，想念文学作品里那些风尘仆仆的、只为把一句话带到的口信捎带者，在他们那里，仿佛能看到人与人之间具有温度的联系。这个时代，随着送信人的逐渐消失，一并消失了多少让人感动的事物啊。

照相机往事

现在人们都习惯用手机拍照了，照相机的使用频率大幅降低。我的一台单反相机放在书橱最低处，已经许久不曾拿出来用了。曾几何时，能拥有一台可以更换上长镜头（俗称"大炮筒"）的相机是我的一个小梦想，相机在日常生活里使用频率的降低，是让我意想不到的事情。要知道，在不同年龄段，相机都作为一件珍贵的物品，陪伴过我。

我第一次照相，发生在20世纪70年代末。那时，我大概四五岁的样子，父亲把一个走街串巷的照相师傅请回了家。那会儿的相机是老式的，相机上要蒙一块布，摄影师在给拍照的人摆好姿势之后，也会钻到那块布下，喊一声"1、2、3"，然后听到悦耳的"咔嚓"声，就算拍摄成功了。童年时，我拍照总是屏住呼吸，觉得这件事很神秘，仪式感很强。

那次拍照，父亲给我换了新衣，摘下了他的机械手表戴在我的手腕上。但他的手表太大，总是往下滑，我还得用一根手指勾着，后来摄影师想了办法，让我把胳膊端在胸前，这样一来手表不会乱滑动了，二来照片拍出来，大家也能一眼发现这块酷酷的表。照片洗好送来时，果然那块表比我的脸还吸引人。另外，照片上的伞也给我留下了深刻印象，那天的天气明明是晴好的，为何要打伞？可能是摄影师觉得打伞更有画面感吧。

上小学的时候，孩子们中间产生谣言，说拍照会偷走人的灵魂，千万不要拍照。我虽没见过灵魂是什么样子，但总觉得属于自己身上的东西，被那个黑匣子给偷走了不太好，于是有一段时间很是排斥拍照，遇到有拍照的机会，就先偷偷溜了，所以现在极少有童年时的单人照片留下来。不爱拍照这个习惯一直延续到现在，不是因为迷信，而是不喜欢面对镜头，无论站姿还是坐姿，不拍照时还是挺自然的，一旦意识到被镜头对准，就不由自主展现出了20世纪70年代人们标志性的身体语言。

但我挺爱给别人拍照，有几年在镇政府通讯报道组工作，还以拍照为职业，拍摄了不少与农村有关的新闻图片。一周总有一两天的时间，背着相机到田间地头东拍西拍，拍地里的庄稼，拍收获庄稼的农民，拍镇里办工厂的企业家，拍种大棚鲜花的年轻创业者……偶尔会受到被拍照对象的邀请，与他们在田野的水井机房上铺开塑料布，一起喝酒谈天，那真是一段开心的日子。

那会儿是摄影的胶卷时代。进口的胶卷贵，国产的便宜一些，所以我总是会买国产胶卷，并且深信，能不能拍出好照片，主要靠一双能发现美的眼睛，而非昂贵的器材与进口的胶卷。在长达四五年的时间里，我一直使用一台价格不过四五百元的国产相机，那是一台全部需要手工操作、没有任何自动功能的相机，我喜欢打开它、装胶卷、按快门的感觉。通常，一卷胶卷可以拍36张照片，不过高手们可以拍出37张甚至38张照片，这是门技术活儿，我只有少数几次做到了。

手机以及数码相机，只要储存空间够，不用担心按快门的次数。不像胶卷，要省着用，按下一次快门就少一张胶片，心里总绷着一根弦，生怕浪费了。也正是因为如此，在拍摄前，要先观察场景、光线，反复构图，拍摄人物的话还要与人物说话，让对方放松表情，争取一次成功。说来也奇怪，当年用普通机械相机，还拍出过一些好作品，换成单反数码相机之后，从储存卡里的几千张照片中也很难找出几张感到特别满意的。

家里有几大册相册，装着历年来积攒下的照片，每年总会有一两天，我会把这些相册搬出来，擦拭一下封面上的微尘，一页页地翻看那些带有回忆的照片。这些照片当中，也有诸多拍得不好的照片，但看着感觉就是不一样，是时间给了这些照片以"美感"，它意味着已经度过的日子、走过的路，它是对过往生命的一次次"截图"。和储存到电脑或硬盘里之后长久也不会再看的数码照片不一样，那些因为时间太长而渐渐泛黄的照片，显示出某种"质感"，与真实、珍惜有关，也与美与仪式感有关。

我的那台旧相机，除了镜头盖丢了之外，其他一切完好，平时就放在书架上，偶尔被孩子拿下来好奇地玩一会儿。我至少有十五年以上没有用过胶卷了，不知道哪儿还有卖的，真想买几卷来，装进相机里，找个地方拍一拍照片——当然，最好还是回到家乡，用老相机再去拍那里或陈旧或崭新的一切。

珍藏笔记本

　　女儿推门进来，问我有没有适合她做笔记、画画用的笔记本。我不确定她需要什么样的，便打开书橱的其中一扇门，那里面有一厚摞各式各样的笔记本，女儿很开心地挑了两本拿走了。我竟还有些不舍得。

　　这些笔记本，有些封面是牛皮纸的，有些封面竟然是真牛皮或者真羊皮做的。有些本子拆封过，有些还被保护膜仔细地包裹着。无一例外，无论在纸张质量还是包装设计方面，都非常精致，让人爱不释手。

　　这些笔记本的来源，一部分是买书时随书附赠的，一部分是朋友寄来的新年或其他节日的礼物，还有一部分忘记了是从哪里来……总而言之，我每每收到一册笔记本，眼睛都会一亮，先是拿在手里细细地欣赏一番，然后收藏到书橱里。

　　看到这儿可能会有人感到好奇，这么喜欢的笔记本，为什么要收藏起来，而不是放在手头用？很简单，三个字：不舍得。给你讲一个故事，你就会知道这"不舍得"的缘由了。

　　20世纪80年代末，我初中毕业的时候，十分流行给同学们送笔记本当毕业纪念品。那会儿的笔记本，没什么特殊的，就是商店卖的一两元的本子，有着素色的封面，里面的纸张上印刷着单调的横线，扉页是空白的，那是写赠言的地方。

　　在离毕业还有两三个月的时候，我就为如何找到买笔记本的钱发愁。这是一笔不好意思向家长开口要的钱，而自己口袋空空，实在凑不齐给全班四十多名同学每人送一本笔记本的开支。到了拍毕业照前后的那几天，我收了许多同学赠送的笔记本，但自己只有能力送出去五六本，心里很是羞愧，那时候心里就有了一个情结——以后遇到好看的笔记本，要买下来，等有机会，再补送给同学们。

同学送给我的笔记本，一本都没有被浪费掉，我的整个青春期，都被那几十本笔记本承载着——我在上面写诗。是的，小心翼翼地写诗，生怕写下一个错别字，也担心"墨团"弄脏了纸页，偶尔要撕掉其中的一张，会心疼得要命。等到那几十个笔记本被写满时，我的青春也结束了。

有一阵子，街头有人摆摊卖各式各样的笔记本，经过天桥时随时可以遇见。那个时候，笔记本已经做得很漂亮了，不用挑，随便拿一本都是少年时想象不到的样子。我也拥有了随便买这些笔记本的财力，也热衷买过一段时间，但除了少数几本用来做会议记录用，其他的本子都不知道丢到哪儿去了。

这几年，我又有了收藏笔记本的心思。现在的笔记本已经堪称艺术品，会让你觉得，把它们丢在某个角落里找不到，会产生"罪恶感"，是对"美"的不尊重。于是，我拥有了一厚摞笔记本。可是，我已经二十多年没在笔记本上写下一行诗。所以，我还是辜负了这些笔记本。

我心里一直隐隐约约有一个愿望，再过几年，整个人变得清闲一些时，会从书橱里翻出那些笔记本，不挑不拣，从最上面的那本用起，重新开始写诗。只是不知道，这些笔记本，还会不会被我的诗重新占满。这不重要，重要的是，仿佛只要这些笔记本还在，我就还有写诗的可能。

我还会与我的初中同学们相聚，只是，没有像以前想的那样，把收藏的一部分笔记本送给他们。也许是觉得，在饭桌上这么做，会显得有些"怪异"。送烟、送酒、送花甚至送书都是正常的，为什么送一个笔记本就会让人觉得别扭呢？

现阶段，我还是好好把那些笔记本珍藏起来吧。像珍藏青春那样，放在一个只有自己知道的地方。

暖　　年

北方的冬天冷且漫长，但奇怪的是，每每想到过年那几天，印象里、感觉中，都是暖和的。

童年时的春节，前后几天总是会下雪，屋顶的雪被中午的太阳融化了，顺着屋檐滑下来就成了冰凌。孩子们会把冰凌掰下来吃，平时怕冷的小孩，吃起冰凌就像现在的小孩子在暖气房里吃冰激凌，并不觉腮帮子冷或胃里冷。

觉得暖，多半是因为兴奋的缘故。年越近，早晨就醒得越早，在被窝里待不住。听到外面狗叫几声，或零星的鞭炮响，就忍不住心痒痒，要起床出去看看，生怕错过什么好玩的事情。人一兴奋，脸就会红，身体就会发热，小孩尤其如此。我在村里看到过，有的小孩身上穿着棉袄，却把扣子全解开了，任由寒风顺着胸膛上下蹿，非但没给身体降温，反而头顶还冒着蒸腾的热气。

胡乱跑，四处跑，也是不觉得冷的一个重要原因。满村子跑的，都是半大的孩子，以七八岁到十五六岁之间的男孩为主，也有同龄的女孩参与。女孩跑得慢，紧跑几步就会累得喘气，靠路边喊："你们能不能跑慢点?!"男孩子们不听，反而跑得更快了，狗在后面都追不上。有慌不择路的小孩，一脚踏进被雪遮严实了的粪坑，他的爸妈赶过来，一边拎着小孩的耳朵往家里拖，一边拿着竹竿往他身上打。

　　准备过春节的那些天，锅灶里的火，整个白天都不会熄，大人们会用这火蒸馒头、炸丸子、炒花生、烀猪头，大量的树枝、枯叶、稻草被塞进灶膛里，都变成了火、变成了热量。那些热量又被带到食物里，刚蒸好的馒头又大又滚烫，孩子们拿在手里先当玩具，左右手不停地倒腾，又向天空抛起用手接住，玩杂耍一般；等到馒头温度适宜了，又用力捏扁、捏结实了，三两口吞进肚子里，吃饱了，顾不上喝口水，便转身到村里唯一的土路大道上，继续跑。

　　母亲或奶奶纳好的棉鞋，已经在床头的塑料袋里，挂了差不多一两个月，没到过年的时候大人不让穿，实在心急。但再急也得等到小年这天，才允许将新鞋穿在脚上。厚厚的白棉花，被包裹在鞋帮里，鞋帮的里子是粗白布做的，不穿袜子，脚放进去也像是穿了袜子般暖和。棉鞋穿上之后，最好不要乱走动，要是穿着棉鞋跑，用不了半小时，脚在鞋子里面就会热出汗，此前被冻得很硬的冻疮，此刻也化开了，痒得难受，要去踹树、踹墙止痒，踹的次数多了，鞋踹脏了或踹坏了，难免又要挨顿揍。到了晚上，人睡了，棉鞋被放在炉子边烤着，到了天亮，又是一双暖烘烘的"新鞋。"

　　孩子们也有安静下来的时候，那就是帮家里贴春联。贴春联需要点耐心，要先去找点面粉与水混合熬成糨糊，熬糨糊的过程中，要把上年的旧春联撕掉，用笤帚把墙面扫干净，然后再把熬好的糨糊刷在墙面上。贴春联要分清上下联，分不清要去问大人，把上下联贴错了，被人看出来，要被嘲笑一番。别看贴春联事小，一整套活全干完，也够忙活一大会儿。基本上到了大年二十九的时候，家家户户的春联都贴好了，放眼望去，到处一片红。红红的春联看在眼里，也是一种"热量"，能带来暖意。

　　现在想来，过年的意义是什么呢？一家人团团圆圆，把好吃的东西都吃个遍、吃个够，这是过年时看重的，另外就是把周边的环境，搞得热热闹闹的，让身边人都放松一些、舒适一些，不那么紧张。过去的农村人，一年大多数时间不知道怎么享受生活，只有过年的这段时间，不用教，都知道怎么把日子过得像样点。

后来去了城里工作生活的农村人，到了过年的时候，总忍不住想要回老家，除了想念家人之外，恐怕也是想念记忆里的那种"暖"了吧。按理说，城里的家中有暖气，出门的交通工具也会开暖风，可是城里的"暖"和乡下的"暖"，还是有许多不一样的地方，乡下的暖，带着记忆、带着欢乐，那是童年的光亮，会在人的心底一直"燃烧"。

我的"新华书店情结"

　　二十年前我刚来北京的时候，最爱去的地方之一是王府井书店，去王府井大街逛街的时候，大约有一半以上时间是泡在王府井书店的。在王府井书店，我最爱去的楼层是四层，因为这层摆放的多是中国文学与外国文学图书。

　　早些年的时候，每当我出版了新书，我都会找机会去王府井书店的书架上，查看一番是否有自己的书摆放在那里，找到了会很开心，找不到会有点失落，每当发现自己的书摆放得不起眼，还会抽出来一本摆放有封面正面的那面——后来去得少了，这样"幼稚"的事情就没有再做过了。

　　那时候沉迷于王府井书店，一个理由是这家店的营业面积太大了，1970年二次改建的时候营业面积有3600平方米，当时已算"亚洲最大的书城"，2000年的再次扩建，营业面积扩展到上万平方米。我对于"书的海洋"这个形容的想象，就是通过王府井书店落地的。

　　当然，可与王府井书店媲美的还有北京图书大厦，因为位置在西单，很多人习惯了叫它"西单图书大厦"，或者干脆叫"西单书店"。对于北京图书大厦印象最深刻的是里面的人流，2000年前后去的时候，里面真可以用"人挤人"来形容。北京图书大厦比王府井多了一点点商业味道，逛大厦推车子买书，真有一种在超市采购的感觉。

两家书店都是国有企业，但王府井书店属于新华书店系统，有"根正苗红"的感觉。这些年民营书店风生水起，媒体和读者的视线很多时候都被一家家个性十足的民营书店吸引去了，对新华书店的关注少了一些，但貌似新华书店对此也不太在意，颇有些"家大业大、稳扎稳打"的意思。

我到全国各省省会时，除了要逛省博物馆，第二个和文化相关的去处便是省会中的新华书店，看到博物馆和新华书店的招牌，心里总是有挺踏实的感觉。有时候时间有些赶，逛书店也是走马观花，但仿佛这是一个仪式，到了一个城市，拜访过它的新华书店，心里就会有一种满足感。每个人有不同的情结，假若有人说我有"新华书店情结"，我是不会否认的。

我的"新华书店情结"来自县城生活。20世纪90年代，新华书店是县城风景中为数不多的令人流连忘返的所在。我们县的新华书店位于县城中心最繁华的地带，向东是县委大礼堂，向北是县电影院，新华书店据守在十字架的西南角位置，招牌那四个鲜红的大字，用油漆刷得亮光闪闪，哪怕是在阴天看过去，也似有耀眼的光芒……每每路过，总是忍不住朝它行注目礼。

喜欢新华书店，在于它的洁净明亮。那个年代你知道的，小城的许多街道与建筑不怎么讲究，甚至可以用"脏乱差"来形容。但我印象里的新华书店，玻璃门窗总是擦得干干净净，映照出读者的影子，显得那影子也是干干净净的。

过去的新华书店不像现在这样是完全开放式的，那时我们县的新华书店，用一排上面罩着玻璃的书柜围了一圈，圈里才是一排排整齐的书架，想要通过书柜进入里面的书架选书，是要经过营业员同意的。对于我们这些十多岁没什么购买力的半大孩子，营业员总是用警惕的眼神盯防着，不轻易放我们进去，生怕那一双双手把书摸脏了。

进到书店最里面一次不容易，所以总是分外珍惜，在进去之前，已经数次在柜台外，把那些想翻、想买的书看了无数遍，早已记准了它们的位置，闭着眼睛也能找到它们……等到兜里攒够了买一本书的钱，就可以勇敢闯关了，在营业员想要拦截时，可以理直气壮地说"我买《XXXXX》那本书"，听见你语气坚定，营业员就会放行，而以往，兜里没钱的时候，被拦截以后总是会灰溜溜地走开的。

新华书店和图书馆，一并成了我的文学启蒙地，翻书、买书、看书……乃至于梦想着有一天自己的书摆进书店，这成为许多写作者的成长动力。这些年网络购书成风、爱书人家家中书满为患，去书店的次数少了很多，尤其是新华书店，去的更少了。想到这儿，未免会有点内疚感产生，每当这种感觉浮上心头时，就会想起那八个字——家大业大、稳扎稳打。新华书店大概率会永远存在下去吧，城市里有无数个小书店是美的，但至少有一家新华书店，也是必须的。

我曾经看过一组老照片，那些黑白影像里，读者在新华书店门口排队买书、在书架前或书店地板上姿势整齐划一读书的画面，很是让人感动。那会儿没手机，大家的注意力都集中在书里，从而产生了一种气氛、一种美，这种美与时代有关，与人的生存境况和精神追求有关，而新华书店作为一个载体，曾在漫长的时光里，承担起了人们向好、向美的追求与愿望，这是它的功绩，值得被牢记。

随身照相馆

现在，很多人都使用手机拍照，手机成了人们的"随身照相馆"，但手机容易丢，也是一个不得不面对的现实。伴随手机一起丢失的照片，也会逐渐消失于记忆中，即便多数人不会因此失声痛哭，但多少都会心存遗憾，毕竟有些重要时刻留下的照片，是没法补拍的。

使用智能手机十多年来，单反相机、卡片相机似乎有逐渐被淘汰的趋势。我现在已经想不起，上一次使用手机之外的设备拍照片，是什么时候。当然，作为一个有着良好"存档"习惯的人，每当手机相册临近存满时，我都会将手机相册中的照片分别复制到电脑与硬盘中，"一式两份"存储后再删除。这么多年来，手机照片已经存满两个硬盘。

两个存满手机照片的硬盘，静静地躺在储物箱里，虽然不至于落尘，但确实已经许久没有翻看了。保守估计，里面存储的照片与短视频，多达几万张（条），想想都头大，这要是想一次看完，估计没个几天几夜完不成。

前不久，想要找些孩子的校园生活照片，翻腾了一个多小时，头昏脑涨之后，才找到几张较为满意的，这更削弱了我以后打开硬盘翻照片的欲望。难不成，这些来自手机相册的照片，只能当作数字资料储存起来？

我一直爱拍照片。在胶卷时代，拥有的第一台相机，是国产品牌的入门级产品，一卷胶卷能拍 36 张照片。依赖上手机拍照后，我发现自己的摄影水平下降了。想想也是，胶卷相机拍照，要反复寻找角度，比照光线，观察景深与人物状态，等到一切俱佳时才"咔嚓"按下按钮。智能手机则不需要这么麻烦，拍摄参数都自动给你调好，只需要动动手指，就能一直连拍下去。

　　然而，越是对摄影水平不自信，就越想多拍一点。最后不由感慨，还是胶卷时代出的照片有味道。据说，一些早期的数码相机又翻红了，因为像素不高、调色单调，反而有了胶片的味道。

　　我早年用胶卷相机拍摄的照片，都存放到了影集里。这些影集摞在一起，厚厚的得有一两米高，逢年过节的时候，也会从中挑几册出来，翻着看。影集的好处是，翻看起来不费眼睛，泛黄的册页与照片，也镀上了岁月的痕迹，看上去很有质感。

　　为了延续胶卷照片与影集所制造的美感，有几年，我会定期从手机相册中，精选出一些好照片，用家里的打印机打印出来，用网上买来的相框装裱好，挂在过道墙上、客厅背墙上，摆在书桌上，一眼看过去，就仿佛能立刻回到照片拍摄时的场景里，很是方便。无聊时，我就时常在这些照片墙前站一会儿，可以平复心情。

　　虽然现在自己拍照的机会少了，拍照的热情也低了，但是好处就是逐渐恢复了以前的拍照经验——不值得拍的，坚决不打开手机拍，值得拍的会仔细地去观察和体会，慎重地拍下来，绝不盲目地连续按下拍摄按钮。

　　我发现，这种带有点仪式感与郑重心情的手机拍摄，让电子照片仿佛多了点意味与价值。每隔一段时间，我还会把手机相册整理一遍，删掉不满意的，只留下值得保存的——我得给自己的第三块硬盘，多留一些储存空间。

读报纸的人

我家楼下的信报箱，有二十多年历史了。几十户信报箱用户当中，现在正常使用的信报箱不多，多数都闲置着，我家算是还在经常使用的一户，只是打开的频率，最多也是每周一次。信报箱的总锁坏掉了，打开自家信报箱的时候，偶尔会看到别人家的信报箱，从里面落满的灰尘看，估计至少有几年没用了。我家的信报箱内部，看上去还挺新的，那是因为我经常使用。

把报纸从信报箱里拿回家之后，我会专门抽出一段时间读报。我尽量每一份报纸都从头到尾翻一遍——从一版翻到最后一版，从头版新闻翻到最后一版的副刊，有的读一下标题，遇到感兴趣的文章会从头到尾细致地读一遍。读报的过程，对我来说是一种享受，可以闻到报纸的墨香，报纸被翻动的声音也悦耳，内心因此会感到很平静，有种淡淡的愉悦。一个人读报的时候，就像独自走进了森林里，可以听到风声，可以看见落叶落下来，浮躁的外界，仿佛不存在了。

我与报纸有着不解之缘。在很小的时候，很难找到读物，一张报纸往往就是一份珍贵的礼物。在我最早的报纸阅读记忆中，从来没有完整地阅读完一份报纸，拿到手里的报纸，往往只是其中的一版，那一版还很可能被撕掉了一大半，只剩下堪称边边角角的部分，这部分印刷的内容，也通常是广告。但就算是广告，我也会读得津津有味，因为那些广告，也是一个孩子了解遥远外界的一个窗口。

上小学时，我曾经去过一个人的家，他的房子不大，但进去后，却让我由衷地发出一声赞叹，因为他的房子四面的墙壁还有屋顶，都是用整张整张的报纸糊起来的，这简直太奢侈了。我记得那天我在他的房间里面，感觉就像《阿里巴巴和四十大盗》里的樵夫，走进了一个装满了宝藏的山洞。我在这个"山洞"里贪婪地阅读每一页报纸，先读视线容易捕捉到的，后来蹲下读位置比较低的，最后再抬起头，仰望屋顶上的那些报纸，这样的阅读体验让我至今难忘。

我毕业后的第一份正式工作，是在一个乡镇的政府里做通讯员。这个职业和岗位，使我有机会第一时间接触送来的各类杂志和报纸——我肩负起了把报纸从门卫室运到办公室的任务。邮递员每天上午大概10点钟的时候，会摇着他的铃铛来到门卫室的门口，在这个时间段，我总是从办公室的窗户，时不时地向外张望，远远地看到邮递员的身影，就会立刻放下手中的事情，推门跑出去。我先和邮递员远远地打声招呼，碰面之后闲聊几句，便把厚厚一摞报纸抱在怀里，拿到办公室，成为那些报纸的第一位读者。那时全国许多有影响力的报纸，我每天都在看。

成为一名报纸的编辑，是我青年时代最大的一个梦想。这个梦想在我成为"北漂"之后的第二年就实现了。在此之前，我对"报纸编辑"这个职业充满了向往，认为这个职业有一种神秘感，有一种说不出来的魅力。我前后大约做了三四年的报刊编辑，做过头版的新闻编辑，也做过四版的副刊编辑。对我来说，做副刊编辑是一种非常棒的体验，可以接触到很多我喜欢的作者，给他们写信，和他们通电话，和他们见面、喝酒、聊天，向他们约稿。每当收到他们发过来的一篇漂亮的文章，我都会高兴半天。然后看着这些文章，经过我的手整整齐齐地、漂漂亮亮地印刷在版面上，我非常有成就感。

直到现在，报纸还和我的生活、我的思想、我的精神，紧紧地联系在一起。报纸在我生命里留下了深深的印痕。我记得多年前的一个早晨，一份报纸创刊，几天之前我就知道了这个消息，所以那天起了个大早，想去买一份创刊号。谁知道那份报纸的创刊号非常紧俏，大家都想买一份先睹为快或收藏起来，我在早晨八九点钟经过报摊时，那份报纸就已经卖光了。幸好报刊亭的老板自己保存了几份，他很慷慨地拿出了一份，与我分享。

在过去的二三十年，我收藏了不少报纸，包括创刊号，包括一些特殊日子的纪念版报纸，还有诸多发表过我文章的报纸剪报。我现在常想，读报作为一种生活方式，怎么可以离得开呢？报纸对于喜欢它的读者来说，是一份精神食粮，在吃早餐的时候，如果有面包、有鸡蛋、有橙汁或咖啡，那么缺一份报纸的话，这份早餐也会显得索然无味。我喜欢在早餐的时间，倒上一杯热咖啡，把当天的报纸慢慢地翻看完，再去处理一天的事情，这样的一种仪式感，对我来说，是很好的能量补充。

因为编报、读报，以及给报纸撰写文章的缘故，我认识了许多爱报纸的人。其中有一些已经退休的老报人，与报纸打了一辈子交道，谈起办报纸、办副刊，总会谈到诸多有趣的记忆与往事。他们在给现在的新媒体提供稿件时，也坚持遵循着办报时的习惯与审美：稿件干干净净，很难挑出一个错别字来，图片配得整整齐齐，图片说明也标记得清清楚楚。每次阅读这样的文章，都是一种学习与享受。

读报纸，包括读书，作为一种带有仪式感的行为，对于很多人来说，将会是生活中一种重要的精神陪伴，书报时代也因为墨香与纸香的萦绕，而长久地存在于一代代读者的大脑中，那也是浪漫主义的一个组成部分。

路上的美好

　　在大城市，交通出行是大问题，为了奔赴某个地方，为了赶回蜗居，很多人在城市里体会到了"在路上"的感觉。

　　我在北京住了二十多年，交通方式发生了很大变化。最初几年，在北京出行主要依赖公交。那时我住在还没发展起来的郊区，每天早晨要等二三十分钟，才会看到一辆破旧的绿色公交，一颠一颠地驶过来，中间还要转乘一次才能到国贸。国贸那时是 CBD，也是公交换车中心，住在东边的人们，总是先到那里，再往四处散去。2000 年时，国贸桥下就有拼车回通州的了，领先顺风车概念最少十五年，每当夜色降临，国贸桥下总有司机吆喝"回通州，回通州，有大座，有大座"。

　　中间几年，因工作单位变化，我坐地铁的时候更多，2005 年之前的北京地铁，不像现在这么挤，虽然座位时常是满的，但起码地铁的通道上不是人挨人。在地铁站里等车时，或者穿行漫长的地铁通道时，总会有音乐传来，放得最多的是班得瑞（Bandari）的曲子，曲名大概是《安妮的仙境》或者《春野》，后来的地铁，就极少听到音乐了。有音乐的地铁，显得缓慢而安静。

　　前几年，国外那家网约车公司进入北京，我开始习惯乘坐网约车。那时候的网约车，车干净，司机礼貌，车上备有矿泉水和充电线，如果带着行李的话，司机会主动帮你打开后备箱，拎行李。有那么两三次，和司机聊得比较愉快，车到半程司机就在手机上结束了行程——没别的意思，司机的想法是本来也不图开这车赚钱，就图一个高兴。

上述种种，提升了人与人之间的关系，缓解了社会的焦虑。有那么几个瞬间，因为这家网约车公司，我险些爱上这座城市了。

我就是在这一时期，当了一次顺风车司机。一天晚上，我路过大望桥时，刚好是下班高峰期，桥下满是脸色焦急等待回家的人们。转弯的时候，车开不动，于是有人理所当然地把我的车当成想顺路拉几个活的顺风车了，有个小伙子敲车窗，问："走不走？"我犹豫了一下，还是给车门解了锁，说："回通州，走。"

三个男乘客瞬间就坐了上来，在准备出发的时候，又有一个女乘客敲车窗，三位男士短暂地交换了一下意见，然后坐在副驾那位男士，很绅士地挤到了后面，把副驾的位置让给了女乘客。在缩短沟通成本、速度达成统一意见方面，北京的乘客效率是非常高的。

车上京通高速，有位男乘客问我："多少钱一位？"我答："不要钱。"问话的男乘客显然有种被噎住了的感觉，另一位接话："为啥不要钱？"我答："就是顺路而已。"男乘客们不再说话，开始闲聊起来。到了收费站的时候，每人不约而同地拿出十元钱，说要交高速费："这个您得收，不能让您出过路费。"我说："真不用……"

结果车里出现了类似于饭馆中抢埋单的一幕，四个男士你推我搡，嘴里不停地说着客气的话，那个女乘客倒是没参与进来，微笑着在一边看戏。出于安全起见，这一幕最后也不过持续了几十秒，就差收费员高喊一声："别抢了，这单我送！"

过了收费站，气氛不算融洽，多少有点尴尬，乘客不自在，司机也不自在。我想，大家都觉得破坏了市场秩序，以及这个城市年轻人之间形成的默契。

对了，我不是年轻人，我是中年人，他们才是年轻人。在他们看来，这个大他们十来岁的中年人有点奇怪。

　　还好，女乘客给了我这个中年司机一个面子，说了句"谢谢"便笑吟吟地下车走了，三位男乘客为了避免我多绕路，约定在一个站点共同下车。下车的时候，最先敲窗的小伙子在手挡的位置放下了十元钱，对我说："大哥，这是高速费，请您收下。"几天后，我在后座两侧车窗的放置东西的那个位置，分别发现了两张十元钞票，是另外两位男乘客给的。

　　把那两张十元钞票收起来，我沉默了一会儿。有感动，也有别的一点说不清的情绪。

　　不管怎样，拥挤在这个城市的人们，都在按照他们遵循的方式、向往的方向，努力地活着，他们不吝啬释放善意，但更愿意建立一个大家都认同的规则，然后在这一规则下，每个人都能找到自己的位置——这就是为什么，人们要到大城市中来的缘故。

　　我想起某一年暴雨，社交媒体上有人号召家里有越野车的人，去机场免费接送乘客。我认识的一位胖子导演，在那天晚上奔波了一夜。也记得报纸上写过一个人，在几年的时间里，坚持上下班以及出去办事的路上免费顺路捎带乘客。

　　这些，其实都不算故事，而是发生在路上的最为普通平常的事情。我也相信，类似的事情现在依然在默默地继续着，像歌词里写的那样——相互告慰和拥抱。

吃　冰

"老爸，你杯子里还有剩下的冰没？"女儿望着我手里的杯子。我晃了晃，有冰块撞击纸杯的声音，就把杯子递给了她，她很熟练地用手捏起一块冰，"嘎吱嘎吱"地嚼了起来。

冰有什么好吃的？我问过几次女儿这个问题，她不置可否，但吃冰的爱好，一直保持下来，或许她只是喜欢冰的口感，或是吃冰发出的声音。我以前不也是问过自己这样的问题吗？

20世纪90年代初期，我上初中的时候，能吃上一根冰棒，是很奢侈的事情。在一个夏天的傍晚，不知为何我手头有了五元钱"巨款"，就拿着它去电影院门前的冷饮店，买了十支冰棒，一口气全吃光了。吃完后，脑门和腮帮子，胃与心窝，都是冰凉的，但整个人却很开心，觉得人生头一次如此奢侈。

在割麦季节，特别盼望有卖冰棒的人来——他骑着自行车远远地驶来，自行车后座上，有一个木制箱子，箱子里放着棉被一样的隔热物，里面包着的，就是一根根晶莹的冰棒。在被割麦子搞得灰头土脸、全身刺痒的时候，一根冰棒可以让人瞬间放松下来，疲惫的身躯也仿佛重新注入了能量。

那会儿看港台电影，经常看到故事里的主人公，放学后会去冷饮店（他们叫"冰室"）吃冰激凌、冰沙。这是当时看电影最喜欢看到的画面，毕竟冰激凌、冰沙要比糖水冻成的冰棒好吃多了（我是这么猜的）。

许多明星也喜欢冰室，一些明星把去冰室消费当成日常生活中一件幸福的小事。但现在香港的冰室文化好像消退了，据说现在整个香港仅存二十家正宗的冰室。更多时候，人们去这些冰室，是怀旧来了。

在冰箱还没普及的时候，制冰是属于工厂的事情，也是属于有钱人的生活方式。过去的年代，人们去冷饮店消费，或者从小贩的手里买一根冰棒，是整个炎热的夏天，与冰接触的最简单的方式。冰在夏天给人带来的快乐，无法用言语全部形容。

1998 年，有一部著名的电视剧《贫嘴张大民的幸福生活》热播，剧中有一位爱吃冰的老太太，嘴里总是不停地嚼着冰块。"大民，给妈拿块冰。"这么平常的一句话，也似乎成了经典台词。对于市井百姓来说，如此唾手可得的一块冰，可以防暑热、降心火，吵完架之后来一块，可以迅速让理性回归，生活秩序井然。

梁启超先生著名的"饮冰室"书斋，也来源自焦灼的内心。《庄子·人间世》中说"今吾朝受命而夕饮冰，我其内热欤"，表达的就是一种理想与抱负找不到落脚点的无奈与焦灼。梁启超受此启发，用"饮冰十年，难凉热血"这八个字，直抒胸怀，他的热血，可是无论多少冰块也无法"镇压"得了的。

现在的年轻人也喜欢吃冰，除了被冰凉的口感吸引之外，据说还特别喜欢吃冰时发出的声音，在一些他们聚集的网络平台上，有不少吃冰的视频与音频，说是吃冰的动作以及吃冰发出的"嘎吱嘎吱"声特别让人放松——不管怎样，吃冰让人放松终归是好的。在这个年代，总不至于像"张大民的妈妈"和梁启超先生那样，靠吃冰来缓解焦虑或者用"饮冰"来激励自身了吧。

第三辑　麦基的野鸽子

（内心记事）

我不是作家

有一次酒后，我与一位作家一起打车回家，顺路，我捎他。汽车行驶在街道上，我们与司机相谈甚欢。聊着聊着司机师傅起了好奇心，问："你俩是做什么的？"我犹豫着，不知该怎么回答，那位作家朋友抢答道："我们就是一名普通职员，跟您一样，风里来雨里去，养家糊口。"

我觉得他回答得很好。如果他说"我是一名作家"，多少都显得有点不对劲。首先，"作家"这个称谓，最好是别人说，自称"作家"，有点怪怪的。据我所知，不少有点自尊心和自我认知能力的写作者，都不好意思说自己是作家。

其次，"作家"这个身份，在陌生场合似乎是个话题终结者，别人知道你是"作家"，通常在表达一句"厉害厉害"之后，就不愿再说什么了，仿佛作家是天生的隐私打探者，生怕聊天中说的某件事或某句话，被作家听了去，写进作品里——事实也的确如此，作家不就是"海绵"吗？他们写出的每一个字，都是从生活的大海里蘸来的。

我希望成为一名好的作家，但从里到外都拒绝"作家"这个称呼，在一些场合实在被逼急了，又不愿意撒谎，就说自己是一个"给报纸写稿的"。老一辈作家有这个传统，常自谦是"填报缝"的，写"报屁股的"，补"天窗"的，这么一说，人就从"作家"的梯子上走了下来，成了类似裁缝、花匠、搬运工一样的职业了。

写作速度很快的李敖，说过"我写书的场面，笔不动纸动，像缝衣机一样"，可就连他也不愿意别人说自己是作家。但李敖不承认自己是"作家"倒不是自谦，他是希望被认作是"文学家"，相对于"作家"，"文学家"的名头更响亮一些，分量也更重一点。可惜没多少人能做到像李敖这样。

由于我内心并不认为自己是一名合格的作家，所以每当出席一些作家聚集的活动时，总有些忐忑，更愿意把自己当成一个局外人，在活动场所，也不愿意拿自己的书送人。活动举办方有时从书店或网上买了一些书来，让签名，我也只低着头默默地签，仿佛不认识那些书，感觉那些书不是自己写的。

有这种想法的不止我一个。有一次，我与作家周晓枫一起在某个中学的会议室里，面对眼前需要签的几本书左思右想，既想在扉页上留下一句看上去有点精彩的句子，又在短时间内想不出什么出彩的词儿，甚是发愁。还是周晓枫有办法，她拿出自己的手机，上网搜索了自己的一篇文章，从中摘取了几个闪光的句子，签在了书里。那些句子太漂亮了，比如"最动人的幸福，就是一个人在老年时与自己的童年相遇"，谁看到都会高兴。

作家只有在进入写作状态的时候才是一名作家，从文字中走出来，就像演员出戏一样，作家也就成了生活中人，不是那个可以在文字世界里呼风唤雨的人了。

人们有个错觉，总觉得作家都得像曹植那样，可以七步成诗，只要情况需要，都能出口成章，这完全是个误会。

有这个误会在先，作家就更不愿把自己当作家了，因为会有可能被要求写赠言、题字，甚至还被希望留下一幅书法作品。现在的码字人都用电脑，能写一手好毛笔字的人，确实不多了。

　　前段时间流行"打工人"这个说法，"码字人"与"打工人"异曲同工，以后再遇到关于职业的问题，我就说自己是"码字人"。

我们都去安道尔

　　在北京住了二十多年，东城、南城、西城、北城都住过，后来在通州落了脚。因为公司大多在朝阳，所以那时社交工具上留下的注册地址，都是"北京市朝阳区"。

　　可时间一长，感觉有点不对劲，心想既然家在通州区，社交工具上的注册地就干脆改成"北京市通州区"吧。就这样，一用便用了不少年。

　　前两年，因为孩子上学问题，举家迁往了河北燕郊镇，通州就很少回了。回得少了，心里就有些不自在，加上社交媒体上隔三岔五地出现一篇热点文，谈本地人和外地人那点事，看多了就忍不住犯嘀咕，感觉自己占了便宜，人不在通州，社交媒体上还显示通州，有点白占名额的意思。于是，又动了改地标的念头。

　　这次有点犯了难，改成哪儿好呢？在"大燕帝国"，也只是借个地儿读书，户口没落人家那儿，自称"河北人"名不正言不顺。倒是有个合情、合理、合法的去处，即我的老家"山东临沂"。这个暑假回去，跟朋友们吃饭，言语间就有了诌媚，想与朋友们拉好关系，回来时当人家有聚会时能叫上我。为此，我想了一个相当棒的借口，说自己在外面流浪累了，打算"叶落归根"，哪承想众人纷纷劝阻："好不容易走出去，回来干吗？""你还年轻，还可以在外面多闯几年。"

好吧，老家的地址暂时也没法标了。

正在我一筹莫展之际，偶然间在朋友圈看了一篇文章，说的是为什么许多女生的微信所在地区都填一个叫"安道尔"的地名，以及"安道尔"有什么样的暗示。这篇文章读完了，我觉得完全是在胡扯，以我最简单的理解，"安道尔"排在所有国家、地区的第一位，用户们懒得去填这个选项，被系统默认为"安道尔"而已。

网上搜索得知，安道尔位于法国和西班牙交界处，是个只有7万余人的小国家，旅游业相当发达，也是个避税天堂。了解到这些信息，我不禁内心雀跃，这个地方太适合我了，如果挑选隐居地，这是个非常符合我个性的选择。不过鉴于俗世负累种种，想去安道尔隐居是万万不可能的，但是把微信地址改成安道尔，这个倒可以吧。

作家张弛写过一本书，名字叫《我们都去海拉尔》，表达了他对位于内蒙古自治区呼伦贝尔市的海拉尔的喜爱。我想我对安道尔的向往，与张弛和他的朋友们对海拉尔的向往是差不多的。无论安道尔还是海拉尔，都是一个美好的、自由的、无拘无束的地方。

我把微信显示地区改成安道尔了，如果没有别的意外，可能很长时间不会再改成别的。不过朋友们，找我的话别去安道尔，我还在中国，只是不确定今天和明天是否在同一个地方，找我之前，请先用微信或电话联系。

我为孙悟空哭过

哭声忽然消失了。我是说人生到了某个阶段的时候，就像是走进了一串长长的、高大的水泥管道中，你用石块敲击着管道壁，聆听它所发出的声响，开始的时候，敲一下总是会响一声的，但持续了几个小时，再敲时那回响声突然没了。你不相信，你用力敲，你怀疑自己的耳朵出了问题，但声音没了就是没了。

没有哭声的日子真安静，安静得让人心里发毛。因为在一直以来的人生体验当中，或者说在自己的某种价值观里，人活着就是要哭的，要么因为外部环境的压迫而哭，要么因为内心的压抑而哭。作为一个人，不会哭怎么行呀？有时候耳边会有一种劝导般的呓语：你快哭啊，你可以哭，你为什么不哭？

哭太难了。我试过。待在某个绝对隐私、绝对安全、绝对不会有人知晓的空间里的时候，我想温习这种久违的行为。我尝试张开嘴巴发出声音，可是我听到了来自内心深处的一种干裂——像板结的土地那样，生硬、脆薄、尴尬。我被自己尴尬到了，于是对着空气喊了一嗓子，试图缓解这尴尬，喊完之后好了一些，但还是觉得有些不好意思。

如果可以的话，我不想参加任何人的葬礼。我喜欢参加婚礼、生子宴、生日宴、升学宴，只要是喜事，都可以，哪怕去的身份与理由有些牵强，也会高高兴兴地去。人生欢乐无多，有欢庆的机会和如此正当的理由，要珍惜，要大声喝彩、大力碰杯、开怀大笑。

不哭啊。在哄孩子的时候，说得最多的是这三个字。如果孩子依然哭闹不止，人就会莫名暴躁起来。归根结底，我是受不了哭声的。谁又知道，小时候我自己就是个"爱哭鬼"呢。母亲不止一次笑着跟我说，我小时候可爱哭了，一哭就是一两个小时，不哄倒还好，越哄就越哭得厉害。后来我哭的时候，干脆所有人都不管，任凭我哭得昏天暗地。

我隐约记得幼年的时候，哭到后半截已经不是真的哭了，而成了一种表演。人在这么小的时候就会表演哭，难怪长大了就不会哭了，因为羞赧，因为不好意思，也有可能是眼泪从小哭干了，再也哭不出来了。

我还能记得的，是少年时的哭——我打着手电筒在被窝里看《西游记》，每每看到孙悟空"止不住腮边泪坠""泪如泉涌""心如刀绞泪似水流"，就会跟着一起流泪。孙悟空是谁？那是少年心目中的一位英雄啊，是幻想世界中可以惊天地泣鬼神的人物，连他都如此爱哭，让我等这些弱小少年该怎么办才好？

麦基的野鸽子

　　傍晚时分，我看见"花卷"（我家的猫）在窗台那里兴奋地摆着尾巴，聚精会神地盯着窗户外面。这是标准的狩猎动作。好奇之下，我过去看了一眼，发现一只鸽子正蹲在生锈的铁围栏上左顾右盼。这不像是一只温顺的家养鸽子，它嘴巴有些尖，有点像老鹰，可能正是因为骨子里的野生基因，它胆子才这么大，敢站在窗台往里张望。

　　鸽子前来造访，估计是因为窗里的灯光，而它挑这个饭点过来，目的也很简单，无非是冬天风大天冷，实在觅不到食物了，想来蹭饭。我三步并作两步，去冰箱里撕了一小片面包，揪成了几片，打开窗子放在围栏上。开窗的瞬间，鸽子飞跑了，但我确定它会再回来，毕竟面包的香气还是挺诱惑的。果不其然，没几分钟它又回来了，仍然是上下前后地看，并偶尔与猫对峙，它并不像是打算吃那几片面包的样子。

　　我紧急开了个家庭会议。两只猫也参加了，它俩以为开会内容是抓捕行动，所以激动得来回踱步。但其实我们说的是，鸽子会不会吃面包的问题，讨论的结果是，鸽子是爱吃谷物的鸟类，熟面包所散发的味道，对它们来说太陌生，所以不敢下嘴，还有一点，洁净的水，与食物一样重要。于是，我从厨房里翻出一只盘子、一个碗，用盘子装了半满的、金黄色的小米，用碗装了大半碗纯净水，放在了外面的窗台上。

　　为了让鸽子放心地享用晚餐，我们关闭了窗子，在客厅吃饭，只剩下两只猫蹲守在窗内，等待着鸽子的到来。那时天已经彻底黑了，不知道最后鸽子来了没有，反正半个多小时后，猫无精打采地离开了。睡前，我打开窗户看了一眼，好像粮食与水都没有减少，心里竟有些失落，那只鸽子成了"消失的客人"。期待它还能再来。

我在读书的时候，想着窗外的野鸽子，竟有些恍惚，纸页上的字，变得有些模糊了。手里捧的书，是这段时间集中精力在读的罗伯特·麦基的一套书，包括《故事》《对白》《人物》，其中的《故事》几年前读过，还买过几本送人，现在重读一遍，仍觉受用，《对白》和《人物》是第一次读，因为要边看边去理解，所以读得很慢，书中许多观点，让人赞叹。

罗伯特·麦基是好莱坞著名的编剧导师，主要教人怎么写出好剧本。我觉得他的书，好就好在绝不仅仅是编剧教科书，更是有利于了解人性心理的书，很多时候会让人产生他是位心理学大师的错觉。他对电影人物的心理活动分析得鞭辟入里，把人物的互动关系，人错综复杂的情感内在，人与生活、社会的隐秘关联等，写得明明白白。读完他的书之后，可能依然没法写出好剧本，但却会对个体的人与群体的人，有更深的理解。

麦基认为，人都渴望拥有电影般的生活，但没有谁的一生会像电影那样精彩，哪怕这个人是国王、皇后、才子、佳人，他们一生的绝大多数时间，都深受无意义的困扰，并且花费大量精力对抗平庸。所谓电影，不过是把一个人漫长一生的几个精彩片段拿过来串在一起集中展示一下而已。作为创作者，考验他们的就是如何从平庸的沙子里提炼出戏剧化的金子。

麦基还说，其实不用走上银幕，每个人都是演员，不管这个人是否善良、是否优秀、是否真诚，他们面对不同的人时，都依然会下意识地表现出不同的样子。所以，一个人哪一面才是最真实的？没人能真正说得绝对准确、正确。所以，麦基觉得，一个好的故事的讲述者，应该具备高度的自我认知能力，对自身有清醒的认知与定位，才能为他创造的诸多人物，找到合适的位置，让创作出来的故事更真实、合理。

按照麦基的说法，我和猫对一只突然前来造访的鸽子，产生如此大的兴趣，又是什么心理动因和逻辑使然呢？想来想去，恐怕真实的答案只有一个：这日子过得太孤独、无聊了，僵化的空气需要野鸽子的翅膀把它打破。

写完这篇文章，我打开窗户，看见前几天放到窗台上的谷物，已经全部被吃光了。我知道，那只野鸽子来过了。

要站在有光的地方

　　一场大病正在初愈。他们说，最好要在家休养一个月，我苦笑。这一年，我在家中待得太久了。能出门的日子，屈指可数。出门的目的，大都很简单，就是为了晒晒太阳。他们说，太阳能带给人能量，太阳光照射在衣服上，可以紫外线消毒。于是，每个月总有几天，我成了追着阳光跑的人。

　　我的书房没有阳光可以照射进来，24 小时中的任一时刻，都需要开灯才能看清楚东西。但偏偏是这个黑暗的房间，可以给我带来很多的安全感。不工作的时候，关闭所有的灯，躺在沙发里，感觉整个人被寂静包围着。如果再把手机静音，就可以与整个世界失去联系。这样的安静，让人依赖。

　　我家的户型是东户，只有清晨到上午的一段时间，阳台上才能洒下一片阳光。于是有段时间，我像和自己约好了似的，八九点钟的时候跳下床来，快速地洗漱一番，冲好一杯热咖啡放在阳台窗框上，人坐在蒲垫上晒太阳。我家的猫不喜欢晒太阳，喜欢和我一起躲在书房里，只有我待在阳台上的时候，它们才愿意跟过来。为了它们，我也要坚持晒太阳啊，被太阳晒过了的猫，浑身的毛是蓬松的，摸过去手感非常好。

　　我在顶楼上晒太阳。四周一人多高的围挡挡住了寒风，阳光直直地砸下来，比被窗玻璃过滤之后的光线更直接。我展开手掌心让阳光晒到手心里，在接近零摄氏度的天气里，仍然能感觉到阳光的热度在手心聚集，每每这样的时刻，都有惊奇又欢欣的感觉。果然阳光和人之间，是可以有交流的。人的身体像个储存罐，差不多半个小时到一个小时左右，就能把一天一夜需要的阳光储存好。意识到心里有一片阴霾了，就取几寸阳光前往"镇压"，往往会很快奏效。

我在山中晒太阳。顺着罕有人至的羊肠小道，走到深山的腹部，那里长满了苹果树和梨树。它们沐浴了太多的阳光，熟透了又无人采摘，一只一只跳水般"扑通扑通"地跃下枝头。我呼吸着山中被太阳晒得熟透了的空气，空气里有阳光、草木和水果混杂在一起的香气，真想把它们打包带走。

我在修车的院子中晒太阳。修车需要的配件需要两三个小时才能买到，修车的伙计们忙着修理别的车去了。我打开汽车后座边上的门，躺在车里睡觉。正是下午两点，阳光正暖的时候，伙计们在不远处弄出"叮叮当当"的声响，睡意模糊中我听不清他们在说些什么。脱了鞋子的脚垂在车门边上，阳光晒透了厚袜子，两只脚仿佛蹬在火炉边，虽是冬日，却感觉身处春天。当时我心里想，一个男人的一年当中，必须有这样一个无所事事的修车的下午，多么悠闲自在啊。

我在高速公路边晒太阳。那次晒到的太阳，几乎没有热度了，因为出门太晚，见到的太阳已经是夕阳。夕阳如火，虽然红艳艳的，但只是观感好，不如正午的太阳实用。高速公路上，十几分钟也不见一辆车驶过，夕阳的光线泼洒在宽阔的路面上，使得道路愈加空旷。夕阳的好处是人们可以凝视它，在它周围涌动的云彩中，可以体会到诸多只可意会不可言传的感受，比如那次我的脑海中就涌现出两个成语：乌飞兔走，跳丸日月。在不断加速的时间里，只有多创造机会站在光中，才能更好地发现与感受时间。人是做不了时间的主人的，但可以做时间的朋友。

这一年，我读了不少书。书，是别人制造的光。我觉得书平时是有一道无形的拉链的。没有开封的时候，被放置于书架上的时候，那本书紧紧地封闭着自己；只有被打开的瞬间，那道无形的拉链才会荡然无存，那本书的光开始自然而然地闪现。无论是捧读、躺读还是伏案读，一本书就像一间光亮无比的会客厅。书的作者在向你讲述着什么，有的讲得绘声绘色，有的讲得深情款款。一本被阅读完的书，是永远不会再坠入黑暗当中的，因为它的光照亮过读者心灵的一个角落，那个被照亮的地方会一直明亮着。

这一年，我写了不少文字，那是自己创造的光。写作在很大程度上，是与自己发生的对话。人需要与别人交流，这是社会动物属性使然，失去与外界的交流，人会倍觉孤独。但和向外交流同样重要的是，人需要向内交流。自言自语也好，自问自答也好，一个人完成的对话，也许解决不了问题，但却能够缩短逼近答案的路程。写作会加速这一过程。写作行为最大的受益者是作者自己，如果能够给别人带来一点启发，则是意外收获。

靠近光，站在光里，享受光带来的好处，这是走出沮丧的最简单实用的办法。如果要寻找这个世界上最恒定、最沉默无声，但又最诚实守诺的事物，那么光毫无疑问是其中重要的组成部分。不管你一个人如何昏天暗地，光就在门外、在头顶、在路上闪耀着。你需要做的，仅仅是挪动一下脚步，与光同行，和光同尘，光必然会驱散那些冰冷发霉的想法。

新年的第一缕光，已经如约照射在所有人的屋顶或阳台上。幸运的话，拉开窗帘就能见到。穿上衣服紧走慢跑几步，便可以一步踏进光里。新的一年，要多与光在一起，因为这样做，就会多一些温暖、多一些能量、多一些勇气。我做证。

夏天的风扇

　　刚进入夏天之后的某一天，室内微量的凉意，突然遭到了外来气流的冲击。那些凉意快速被挤向一边，我猜它们顺着墙根和门缝溜了。取而代之的热气，开始在各个房间里蒸腾，像个没礼貌的孩子，到别人家做客不老老实实的，反而去各个房间蹿腾。

　　我在书桌前感受到这股夏天的风，它们不需要打开门迎接，也不屑于从缝隙里钻进来，它们具有无形的力量，甚至可以穿透厚厚的真空玻璃——在它们这么干的时候，伸出手掌向窗玻璃贴过去，就可以一把把它们抓个正着。但也没办法，除了迅速收回被烫热的手掌，谁都对夏天的风无计可施。

　　夏天的风扇可以收拾夏天的风。风扇是夏天的天敌。这么说有点夸张，对庞大如大象的夏天，风扇的能量小得像蚂蚁。但即便如此，风扇也是反对者和抵抗者，风扇在几平方米的空间里，像堂吉诃德一样，与夏天的热不停战斗。夏天的热在室外可以猖狂，但在室内，多少都会给风扇一点面子。

　　在夏天的风试图像穿透真空玻璃那样穿透我的皮肤的时候，我非但没有反感，反而有点儿喜悦，因为这意味着一件事情：可以不用换衣服，只用穿着短衣、短裤、塑料凉鞋，可以推开门就走了。这是只有在夏天才能体验到的爽快事情。

在愉悦的滋味于心头弥漫的时候，突然心里冒出来个想法，要是我是名画家的话，就立刻找出一张纸来，画一个风扇。这个风扇圆头圆脑的，像个可爱的小胖墩儿，有着几枚亮晶晶的扇叶，扇叶上笼罩着一圈灰色的保护罩，扇叶和保护罩相互合作，在它们打造的小空间里，仿佛有种魔力，热风钻了进去，转了几圈出来，就变成凉风了。

极少有画家，画像风扇这种现代的、插电的小玩意儿，画家们宁可画龙、画虎、画山、画水，也不会画一个小家电。之所以我产生了要画一个风扇的念头，是因为需要它了，但一时又找不到。家里的地方小，往往到了夏末秋初，就会找个大的黑色垃圾袋，把风扇塞进去再把垃圾袋打个活结，扔到某个角落里。

懒得去找可以放在书桌上的小风扇，就只能打大风扇的主意。我家的每个房间，在装修的时候，都安装了吊扇灯。所谓吊扇灯，就是一个又圆又扁的灯，周围插着三五根翅子，用遥控器按一下，那三五根翅子就会旋转起来，向房间的每一个角落输送凉风。当然，输送的是凉风这个说法不科学，应该是加快室内空气的流动，快速带走身体的热量，让人感觉到凉快。

屋顶的吊扇，许多人童年记忆里都有，但后来一二十年，人们纷纷住进了楼里，吊扇消失了，取而代之的是华而不实的装饰灯。我从来没有想过，有一天聪明的人类可以把照明灯和吊扇集成在一起。有一年我去巴厘岛旅行，住的一家旅馆里，房顶就吊着这玩意儿，当下感到十分震惊。晚上这么吹着吊扇睡觉，太实用，太有情怀，太容易让人想起童年了。当下便决定，以后自己家装修房子，无论如何都要装吊扇灯。

几年后，果然有了装修房屋的机会，去购物网站一搜，各种吊扇灯五花八门，什么木质扇叶的、钢质扇叶的，什么中式的、欧式的，应有尽有。还有一种是隐形扇叶的，不用的时候可以收缩起来，用的时候按一下遥控器，他们就像蝴蝶展翅那样，神奇地把翅膀从胳肢窝里掏出来了。

　　我家屋顶吊扇的翅膀不用掏，它们一年到头都支棱着翅膀，我去卫生间用清水洗了毛巾，挨个地擦洗吊扇的翅膀。擦洗得干干净净后，各个房间的吊扇被逐个打开，再把所有的窗户打开，各种穿堂风、穿窗风就快速流动起来，吹动面庞，吹动头发，衣袂飘飘……这样的时刻真开心啊。人就是要在日常生活里寻找点这样的开心，没有的话就自己去制造点。一点乐子，有时候就能让人舒展身心，即使在狭小的房间里也如在无边的田野中。

旅行的回忆与遐想

作为一个二十多岁之后才第一次出门远行的人，我曾经对旅行充满了恐惧。从拿到那一张薄薄的车票开始，就意味着要面对未知旅程中充满着的风险与考验，也意味着要强行告别青春期，进入真正的大人的世界，戴上一张属于大人的面具。

然而，同样作为一个二十多岁才第一次看到海的人，我又对旅行充满了渴望。依稀记得第一次看到的是冬天的大海，海边的城市天寒地冻，海边的沙滩坚硬冰冷，但海面仍然如抖动的绸缎，在寒风中展现出一幅柔软又强大的样子。在冬天的海边散步的那个下午，我喜欢上了未知、遥远与浩瀚。

旅行让人焦虑。不得不承认，我很多时候会为了旅行而旅行，在某一个节假日到来之前，会在几个目的地的名字之间徘徊、犹豫，会不断尝试给自己寻找出发的理由，也总是在最后一刻才能确定想要去的地方，然后，收拾行李，打扫房间，喂鱼浇花，关闭门户。在关上门的一瞬间，想到要告别由沙发、电视、卧室等构成的舒适区，难免有些不舍。

但旅行也让人愉悦。在天将要黑的时候，把车停在高速服务区，打开手机上的电子地图，寻找附近的住处，然后趁着夜色，开车潜入到一个完全陌生的市镇。所有人都看到了你的车牌，所有人都意识到你是一位外来者。找个酒店住下，再寻找一个餐厅，在或热情或警惕的眼神里，喝下一杯酒，最后回到酒店的房间，昏昏睡去。在穿透窗户的阳光中醒来，宛若新生。

旅行的目的是为了看风景，这是大多数人的愿望。然而风景是什么？不同的人会有不同的答案。就我个人来说，所有著名的风景，到达之后要么是大失所望，要么是心有惆怅。因为最美的风景永远在想象中，真实的景物，远远没有想象中那么宏伟、壮观、绚丽。在我的记忆里，最好的风景永远是无名的、偶遇的、私人的。记得有一次在一处幽远的山谷，看到黑与白的云在山谷中像开水一样沸腾，那种震撼远胜过此前看到过的一切美景。

最好的旅行，是在路上的过程。开着车穿越一座山与另外一座山，在某个高速公路段，你也许会发现两侧的山景美到令人窒息。这样的美，不是地图可以标记的美，也不是旅行指南重点推荐的美，而是一种恰到好处的美——恰好的天气，恰好的速度，恰好的音乐，以及恰好的心情，那一瞬间你会感到活着的真实感，以及生而为人的自由感。对了，我们旅行是为了寻找自由，如果一段旅行找不到自由的感觉，那还不如留在原地。

有了孩子之后，每年的暑假与寒假成了固定的旅行时间。孩子们可能会排斥这样或那样的活动，但只要说出门去玩，都会立刻变得安静与快乐，因为对孩子而言，那也意味着一种解放：作业可以往后放，家长不再唠叨，到了一个地方有美食在等待着。孩子的快乐成了家长的快乐，而快乐的来源就在于走出去，走出家门，在一走一回之间，体会外面的精彩与家的舒适。这种比对，对于孩子的成长尤为重要。

美国有位作家叫比尔·布莱森，他写过几本关于旅行的书，其中有一本主要记载了他童年时与父亲一起旅行的故事。在他的笔下，父亲是个热爱出门但又糊涂的中年人，在高速路上时常搞错出口，寻找目的地经常阴差阳错，为了节省几个钱闹了不少笑话，有时候还会被自己的笨蛋行为气得七窍生烟……这样的父亲，给比尔·布莱森留下了深刻的印象，尽管他用十分戏谑的笔触尽情调侃自己的父亲，但谁都知道，他在感激父亲策划的旅行给他留下的深刻记忆。让人不由得会拿这些文章里的父亲形象与自己对比，如果也能给自己的孩子留下这样的"负面印象"，我觉得是种荣幸。

"一个人的行走范围，就是他的世界。"这是北岛说过的一句话。一个人的世界会有多大，某种程度上真的取决于他到过多少地方。到过，看到，了解，就意味着这个地方真正住到了心里，成为心里的一个领地，在回忆与遐想中，你可以随时降临这个地方，一切如昨，栩栩如生。

但话说回来，一个人只要心境足够宽广，阅读的书目足够广泛，也一样可以足不出户环游世界，只是绝大多数人达不到这一境界。所以，旅行也是践行，是把虚构与现实重叠在一起的方式，至于这种方式会验证出什么，恐怕每个人的体验与感悟都不一样。也正是因为这种差异性，人们才不厌其烦地往某些热门的地方聚集，去发现景物大致相同的美与内心大不相同的美。

关于为什么要旅行，有着很多种说法，而我觉得，旅行除了能带来自由感之外，还能带来创造感，人在旅行中创造出来的最美感觉叫"希望"。在路上，每一天都是新的，而"新"，恰恰是"希望"最大的外在特征。如果一段旅行改变不了眼下面对的困境，就再进行第二段旅行。如果反复旅行且对旅行有了依赖之后却依然没法让内心安宁，那则要考虑问题的真正症结所在了。

回得去的故乡

　　暑假到了。往年的这个时候，我大概已经带着家人在老家度假了。没错，已经有不少年，我是带着度假的心情回故乡的。诗人曾说，"熟悉的地方没有景色"，故乡无疑是一个人最了解的地方了，但是，在离乡二十余年后，我反倒觉得，故乡到处都是景色。

　　这几年，每逢假期，催促我回乡的，是我十二岁的女儿。她喜欢老家的美食，也喜欢我带着她，在老家的矮山上、栗子林里、沿河公园中散步，去认识一些茂盛的树木与花草，去见她老爸的亲戚朋友，去县城电影院看一场电影……老家的生活，节奏很缓慢，或许她是喜欢上了这种缓慢的生活节奏。

　　对我而言，所谓的"乡愁"，已经淡化了许多。有人曾说，"所谓乡愁，就是你离开某个地方之后会不停地想念它"，这算是对乡愁最通俗易懂的解释了。我倒不是因为"想念"才回故乡，而是觉得这已经成为一种习惯性动作，有了较长的空闲时间，就愿意回老家生活一段日子。当这样的日子变多了，乡愁自然也就淡了。

　　关于乡愁，我在不同的年龄段，有过不同的认识。前不久和朋友聊天，再次谈到乡愁话题，我忍不住脱口而出一句话："这几年脸皮变厚了，有事没事总往老家跑。"说完这句话之后，自己吓了一跳，家乡是自己的家乡，应该是想什么时候回就什么时候回，和脸皮厚薄有什么关系？

　　回忆起来，还真有关系。记得二十多年前离开家乡的时候，其实内心是犹犹豫豫不想走的，但一轮轮的送行酒喝完，箭在弦上不得不发，不想走就有点耍赖皮的意思了。家乡人希望你走，是希望你能有一个好的前程，但对于游子来说，走可以，但回来时必须得带着点成绩，否则，就显得有点辜负了家乡父老的期待。

　　年轻时不懂人生，曾经好几年除了春节之外，别的时间不愿意回家乡。不敢回家的原因很简单，还是出于一种"未曾衣锦，不敢还乡"的顾虑。现在想想，多傻啊，那么古老的传统，那么陈旧的观念，你要是太过重视，就是给自己戴上枷锁了。真正的亲人和朋友，不会在乎你在外面混得好不好，人返家如鸟回巢，天经地义。

　　三十来岁时，思想尚不成熟，返乡时偶尔会陷入复杂混乱的情绪当中。在痛苦中左冲右突，终于摸索出了一个简单的办法——把自己当成家乡的游客，放假的时候回家乡住几天，随便逛、随便吃，吃好玩好了拍拍屁股就走。依靠这一策略，我开心地混了好几年，虽然未免感觉有些自私，但也算一种自洽。不少人就是没有找到这种自洽方式，想回家乡而不能。

　　四十不惑，具体体现在处理家乡关系时，就是变得"厚脸皮了"，不再在意外界零星的评价。再说时代变了，家乡人的房屋变得零散，人际关系相较以前也显得更舒服一些，没几个人在意你姓甚名谁。当然，更重要的是自己的内心变了，对家乡曾经失去的认同感，又一点一滴地积蓄在心里。"如果故乡不能给你安慰，异乡就更不能"，当我写下这样的句子，我知道，我已经与故乡彻底和解。

　　"家乡的味道在味蕾之上"，不少人都喜欢用这句话形容家乡的味道，我也不例外。每逢还乡胖五斤，回老家，吃得好、吃得美，成为最大的诱惑。但近几年变了，在对家乡美食依然热爱之余，开始有了愧疚心。这种愧疚感的主要来源，一是觉得自己没能为家乡作点儿贡献，二是对家乡的文化没有足够的了解，这么多年，自己一直漂浮于家乡之上。

所以，这几年，我回家乡后做的最多的事情，就是遍游家乡的每一个角落，尤其是对产生过典故、古代名人留下过痕迹的地方，总是要多盘桓一会。也喜欢上了与家乡传统文化研究者长时间地聊天，更多地了解家乡的历史。走得越多，聊得越多，心里越安静，也觉得重新拥有了孩童时对家乡的单纯情感。

我不再认同"故乡是回不去的"这个说法。一个回得去的家乡永远在那里。尽管家乡在变，游子也在变，但两者之间风筝与线、水滴与河流之间的关系，永远不会变。风筝想要回到放飞者的手里，水滴想要重归母亲河，这是什么力量也阻挡不住的。

当然，人与家乡的关系，是处在变化当中的。一直在家乡居住的人，和一直在外漂泊的人，也会对家乡产生迥异的认识。从简单到复杂，从复杂到简单，时光流逝，游子对家乡的普遍情感如日落和日出，虽在起伏之间，也有久远而恒定。终有一天，我们都会重新成为家乡的赤子。

我没一朵花勇敢

　　我是最不擅长养花的，再好看的花买回来，用不了多久就会发黄枯萎。看一盆花由盛放到变得蔫头耷脑，是很有挫败感的。后来就只买绿植。当绿植也养不好的时候，家里就只剩下几盆号称最好养活的绿萝了。

　　一个无所事事的下午，我走进了花卉种植场。道路两边，尽是盛开的、散发着芬芳的鲜花，而我竟然视而不见，习惯性地直奔绿萝而去。走到卖绿萝的摊位时，我头脑里突然电光一闪，为什么不能买鲜花？难道这辈子就只能和绿萝相伴了吗？

　　我请卖花人推荐最好养的鲜花。卖花人指了指花朵开得最旺盛的那几盆，说是改良品种，价格便宜，一周不浇水或者浇十次水都不会死。凭借大脑里储存的那点可怜的与花有关的知识，我又问："这花只能开一季吧？"卖花人说："当然，等它死了，连花带盆扔了就好。"

　　于是，我买了那几盆我叫不上名字的花。花盆是一次性的，盆内土壤是不可循环利用的，但这并不妨碍那些花骨朵儿争先恐后地卖力生长着、美丽着。仿佛它们也知道，生命只有这一季，要好好活着、活得好看。

　　我把那些花儿放在电视机旁、书架上、书桌上，花盆底下放了防止漏水的盘子，然后浇透了一次水。第二天早晨醒来，阳光很好，空气里充满花与叶的清香。经过一夜对水分的吸收，那些花显得健康无比，少数有些蔫的叶片，也精神起来了。整个花的体积，也变大了，花朵变成花丛，让居室里生机盎然。

这些花让我很开心，竟忘记了几个月之后就要把它们扔掉的事实。在这几个月里，我每天与这些花相伴，用笨拙的养护方式对待它们。它们也不介意，只是不管不顾地开、没心没肺地灿烂，这种精神，是我们这些内心疲倦的现代人多么缺少的啊！

我不相信有来世，也不相信有轮回。人与人之间的相处，几十年不算漫长，几天也不算短暂，要看相处的质量如何。对待重要的人，人们习惯用对待鲜花的方式去重视，怕水浇多了，怕干着了，怕冷着了或热着了。但脆弱的关系，仍然如同娇嫩的鲜花，稍有不周，就决绝地打算离你而去，任凭你满头大汗地查找资料，寻找应对方式，一次次努力地试验、挽留，都无法阻止。

有人会说，这世界上有的是可以把鲜花照顾得特别好的花匠啊！这我承认，可我不是，无论如何我也做不了一个很好的花匠。这注定了我要和好养活的绿萝相伴，和只开一季的花相伴。

只开一季的花，如果它们有思想的话，不知道是否会为明年永远缺席这个世界感到遗憾。植物没有思想，我也没法替它们发言。假若我是这只开一季的花，我是丝毫没有怨言的。这花来自偶然，生于土壤，与数十朵美好的兄弟姐妹拥挤着成长，花期过后衰老得短暂又决绝，并且在死亡的时候很酷地宣告：这世界我再也不想来了。多好！

我都没有胆量这样宣布。因为与花相比，人的一生还是显得太漫长，在这漫长的一生里，我没一朵花勇敢，因为我还曾与人约定：来生再见。

绿皮火车上的书店

清晨 4:30 的闹钟准时响起，城市还在酣睡当中，晨光尚未穿透窗户。我起床洗漱，然后离开酒店，打车去几公里外的火车站。

这是一趟早上 5:53 准时发车的绿皮火车，车次是 7053 次，四十多年了一直如此，从济南市区开往泰安，以很慢的速度驶过村庄与田野。它刚启动的时候，给我的感觉，也像是没睡醒似的，没有绿皮火车惯有的那种巨大的噪声，安静得不像话。当然，有这种感觉也可能是我的耳朵没醒，五官没有彻底打开的缘故。

非常喜欢它的守时。说 5:53 开，就 5:53 开，带着一点儿不讲理的固执与不迁就。但每位坐上来的乘客，表情里除了有没睡醒的惺忪，分明也带着一点喜悦。坐慢火车，去不远的远方，体验一次不那么彻底的"流浪"，是许多现代都市人内心的一个梦。

我坐上这趟车，是奔着一场活动、一个书店而来。活动是好友绿茶《如果没有书店》的新书发布会。在火车上开书店，以及在火车书店开新书发布会，这个创意太棒了。书店的名字叫"阡陌"，"阡陌纵横"的"阡陌"。这个名字的书店，放在火车上，有了特别的意味。火车上的书店不大，占了餐车的一个头部。

火车的书店，本来就不需要太大，要找大的、时髦的书店，一线城市里很多，有些书店，有几层楼高，占地几千平方米，像迷宫一样。既然是火车书店，就要符合火车的环境与氛围。再者，有得逛已经不错了，不能嫌它小。世界上有意思的书店，多是小书店。坐在慢火车上无聊，如果能逛逛书店该有多好，从此不用担心出门忘记带书，或者带的书读完了——火车书店里的书，任你挑选。

餐车有了书店，就不再是简单的餐车了。餐车的窗户上印上了一些字，比如"一间暮色中的书店，宛若黑夜中发出的光芒""我这一生做过的最正确的选择，就是走进你的书店""为了人与书的相遇"……这些字下面，放了一个透明玻璃做的花瓶，花瓶里插着从田野里刚采来的野花，用手机镜头随便对着窗外拍摄，就能得到一张张文艺气息十足的图片。

于是，这样的书店，恍然间有了电影拍摄现场的感觉，有了时光穿越的感觉，也有了心灵宁静的感觉。为什么会这样？明明二三十年前，人们还抱怨绿皮火车太慢，太拥挤，效率太低，而现在，却成了网红打卡地。乘客恨不得它慢些、再慢些，仿佛坐上绿皮火车，可以让自己的人生更多一些长度，让自己的思想，寻找到静置的容器，顺便，也让自己找到迷失的自己。

每每到达火车站点小停片刻，或者经过村庄的时候，火车总会鸣笛几声。以前我总对火车鸣笛有兴趣，有畅想，觉得这是一种呼唤或者倾诉，总是听不够火车的鸣笛声。现在我依然喜欢听，四十多岁时听到火车鸣笛声，已经与二十多岁时听到的有些不一样了，要是细细寻找这种不一样，简单来说，就是多了些喜悦，少了些惆怅。

何况，还有一本书在手，还有几百本书摆在火车书店里，等待有人前来翻阅或者付钱后把它带走。在慢火车上，书不是用来打发时间的，也不是用来装点镜头的。书在慢火车上是一艘"船"，一艘可以卸掉一个人所有防备与不安的"船"，只带着肉身上路，让路上的风景、书，还有诗，再次灌满心灵，再次让人感到轻盈。

　　和朋友喝着茶、翻着书、聊着天，四五个小时的时间，就不经意间过去了。火车到达了终点，但几乎所有人都觉得旅途短暂，要离开的时候，心里有一些恋恋不舍。是的，下了这辆慢火车，一脚就又要踏进快节奏的生活了，这样的转换，多少都让人有点不适应。

　　几天之后，我在千里之外的城市，想起了那辆绿皮火车。当我还在沉睡的时候，它再一次准点出发了，披着晨雾，迎着霞光，穿过林荫，驶过山间……那间小小书店，随着火车的晃动而轻微地震颤，如果你恰好路过，请帮忙捡起落在地上的书，或者简单整理一下书架，请动作慢一点，小心一点，就像在夜里，擦拭自己的梦那样。

小街上的烟火气

　　最近，我每晚都去家附近商场旁边的一条小街闲逛，着了迷一般。巷子长不过两三百米，里面的店铺不大，每家店铺紧紧挨在一起，霓虹招牌错落有致。店铺的种类也大不一样，有饭馆、小酒吧、超市、蛋糕店、花店、宠物店……有时逛一遍还不够，要来回多走几遍。

　　我对自己手里牵着的小朋友说，香港、澳门有许多条这样的小街，这条，是属于我们的小街。这样说的时候，几家饭馆门口冒出的热气、香气涌了过来，一瞬间仿佛五官全被打开了。我继续对小朋友说，要照顾好这些店，保护好这些店，离开了它们，生活会少许多滋味。

　　大口呼吸着小街上弥漫的气味，身体里的古老基因在被不停地唤醒，脑海像《瞬间全宇宙》电影里的画面一样，不停快速切换着一些记忆与场景。我想抓住其中的几个片段，但却需要花费不小的力气，有关炊烟、食物、人群、拥抱与爱等，变得不必再那么具体，唯有此刻，如此真实，让人眷恋，不舍得它消失。

　　这个时刻，让人觉得充满了安全感，一条小街就是"全世界"。我想起童年时的乡村，天色将晚、暮色四合时，怕黑胆怯的儿童纷纷拔脚奔跑，他们奔往的方向，无一例外都是冒着炊烟的地方；我想起少年时打着手电筒阅读《聊斋志异》，每每看到"人烟"之类的字眼，胆战心惊的感觉便会被驱散……现在我觉得，成为那些野心勃勃、征战四方的英雄固然值得追求，但守住一小片土地并在此生老病死，也未尝不是无憾的活法。

一个人来到一个地方，不管用什么办法，他生了火，有了烟，于是慢慢地更多人围过来，他们形成了家庭、村落、小镇、城市……城市大了，开始分区，住在某个区域里的人，活动范围慢慢地固定，去哪家早点铺买早点，去哪家菜市场买菜，去哪家餐馆请远道而来的朋友吃饭，去哪家影院看电影……这些日常，组成了一名普通人的烟火，烟火不散，人的眷恋就会永恒。

我去别的城市，也往它们烟火气最浓的地方走，手里拎满了各个小店里买的东西，假借买东西的机会多和人说说话，更多时候是竖起耳朵聆听、分辨那些几乎听不懂的地方口音，偶尔躲在一旁用手机拍下一张张照片……我像个贪婪的收集者，企图把那些面孔、声音、气味，都装进自己的手机里、大脑中，等待需要的时刻，再把他们调集出来，以慰寂寞。

但只要在别的地方多待几天，我就会想念自己家附近的小街。那儿虽然不是故乡的街，但却给我提供了一种暂时的归属感。我知道，我想把这归属感变得更长久的冲动，和历史上那些一个人从很远的地方，来到一片陌生土地上第一次燃起烟火的人，是一模一样的。

乡愁是种黏稠的情感

返乡过年之后，生活的节奏非常之快，甚至比在外省的节奏还要快。白天像陀螺一样疯狂地在转，晚上则是围着酒桌在转。每每夜晚入睡的时候，都是午夜12点前后，再无失眠的问题，头挨着枕头就睡。早晨醒来，天光大亮，第一个念头是：我是醒在故乡的晨光里。

好在故乡的夜，总是特别安静。我在外省的住所要么有飞机飞过留下的轰鸣声，要么有公路上汽车疾驰而过留下的胎噪。因此，我夜里都已经习惯在噪声中入睡，在安静的环境中入睡，反而有些不习惯起来。

在故乡，我想起童年的一些事情。幼时特别恐惧寂静，觉得身边的世界，是一个巨大的墨汁盒，而我是盒子里一条游动的、困顿的小鱼。那时的寂静，让人觉得，每一丝风声都是刺耳的，都如惊雷，都如巨人经过，都让人心惊胆战。而现在，自己如此喜欢寂静。寂静让我觉得，自己如同变成了童话里的巨人，手脚可以摊放在大地之上，任由同样巨大的蚂蚁，从手脚的缝隙之间穿过。

我在等待着腊月二十三这天的到来。不晓得是北方把腊月二十三当小年，还是南方把腊月二十四当小年，反正在我们这个县城，腊月二十三或二十四过小年的都有。在小年之前的几天，我给住在大埠子的三叔打电话，问他哪天是适合上坟的时间，他说腊月二十三比较合适。很惭愧的是，这些年我还比较注重春节前祭祖这件事，但却总是记不清楚该哪天去。

腊月二十三这天，我中午在县城里和几位朋友一起吃火锅，一直吃到了下午 3 点钟，午餐结束后才往大埠子出发。到达村庄的时候，其实已经离黄昏不远了。每每到这样的时刻，我就有些特别的感受，这感受没法用准确的词汇来形容，不知道是惆怅，是抗拒，是亲近，还是空旷，但我觉得，上面写到的几个词汇，汇合到一起，恰能准确形容那份流动的情绪。

但是我的女儿，非常及时地纠正了我这种复杂而矛盾的情绪。她用一种积极的眼光来看待春节祭祖这件事，甚至开始提前为之用心起来。在此前的这几天，她就提醒我："爸爸，你记得给爷爷买一束花，记得如果有最新款的'手机'，也给他买一个。"

她这么说的时候，我跟她打哈哈：小孩子知道什么?! 但无形中，却受到了她的影响，开车从县城去往大埠子的路上，一向反感绕路、停车、添麻烦的我，还是左转右转找到了一个鲜花店，买了束鲜花。花是白菊花，清新、新鲜得不像是真花一样，捧在手里，有一些属于冬天的冰凉触感，也有一些属于春天的温度。

三弟和四弟这次和我一起上坟。以前上坟的时候，女眷不能同往，但在我的坚持下，这几年，女眷都一起参与了这项活动。黄昏的时候适合怀念，远处的夕阳挣扎在地平线下，烛火燃烧在暮色当中，亲人们轻轻浅浅地说着话，内心并无沉重之意，仿佛共赴宴席。坟前有菜、有酒、有饺子，有故去与现世的亲人，这让人心底无比踏实、宁静。生与死，随着重大节日的到来，仿佛没有了界限，一切皆可交流，一切也皆可无言。

这让我觉得，一个人哪怕从再远的地方返乡，他与故乡的关系，仍然会是黏稠的。因为疫情的缘故，我去年春节没能回乡，但仅仅是这一年没有返乡，心底就存下了小小的遗憾，如果今年再不能回来，这遗憾就会逐渐地扩大。

　　大家对于故乡的情感，有着刀刃般的两面性。一方面，是故乡没法给游子提供真切的保护与安慰，甚至有形、无形地成了伤害产生的主体；另一方面，是游子对故乡的感情始终找不到一个立足点，从而产生怀疑、失落、老无所依的感受。没法说哪种感情是对或错的，从前，我时常在对与错之间做选择，而现在，我觉得，做选择是一件很累的事情，如果不去做选择就好了，一切水到渠成、顺其自然就好了。

　　最为轻松的时刻，发生在腊月二十四上午。我们去了一个乡村集市。在集市上，购买了对联、门联、煎饼、手套、鞭炮、菜刀等一系列的物件。这里特别值得说的是，门联这一物件，我已经二三十年没有见过了。所谓的门联，在我们老家叫"挂门笺"，又称"挂门前""门吊子"，通常是由五福剪纸字组成，剪纸制作疏密有间，看上去非常赏心悦目。

　　童年时过春节的时候，贴完春联的上下联，"挂门笺"就相当于对联的横批，对比春联的端庄，"挂门笺"的飘逸与诗意，是一个很好、很恰当的补充。据网上的介绍说，"郯城（我家乡县城的名字）挂门笺有着悠久的民族传统和浓郁的地方特色，其形状如小幡，纹饰如人胜。古人有用幡胜表达意愿的习惯。南宋开始人们在节日把幡胜悬于门前，作为新年吉兆。从幡胜到门笺，从丝织品到五色纸，走过了一千多年的漫长道路"。

　　至于菜刀，之所以值得记上一笔，是因为这把刀，虽然只卖6元人民币，但却是货真价实的手工打造，刀面上铭刻着"万兴刀业"的标志，还特别标注了"特快，免磨"这四个字。用大拇指去划试刀刃，能清晰地感觉到刀刃与指纹摩擦的触感，非常有农业时代的感觉。

　　上祖坟、逛集市、会亲友，这是我返乡的三个主要活动。当然，每晚喝酒是避免不了的。家乡酒风依然浩荡，而我也早已学会了偷懒耍赖，所以这次回来，只喝醉了一次，其他的酒局，均浅尝辄止没有喝醉。

　　乡愁可以是浓稠的，就像酒那样，但只要不喝醉，一切就还好。

有故乡可回的人是幸福的

　　有朋友每每在得知我将要开始返乡之旅的时候，总会说一句"有故乡可回的人是幸福的"。这样的话语，我已经听了十余年，以前不觉得这句话有什么特殊之处，近几年来却愈发觉得这句话，确实发自肺腑。

　　听到今年要返乡的消息，女儿很开心。虽然我的老家，并非她的出生地，但这些年来，她经常跟我回故乡，心里已经对这片土地产生了认同感。

　　这也是一种无形的影响吧，女儿小小的年纪，心里就有了一颗故乡的种子，等到她长大以后，她会把父亲的故乡，当成自己的故乡，成年以后，不用带领，自己也能寻找到这块土地上来。相比于没有故乡可回的孩子，她也多了一份无形的"财富"。

　　返乡后的某天，我带女儿去县城东边的滨河公园玩。记忆里，这条河在我小时候是条水流湍急的小河，现在经过人工修整，已经成为一条河面宽阔、微波荡漾的景观河。河的中央，有一人摇着小船，另一人用鼓槌擂击着船舱，发出打鼓一样的声音，不晓得此举是为何。

　　我猜有可能是想把薄冰下的鱼震出来，方便他们抓。但观察许久，并未发现抓鱼的工具与动作，那么，他们就有可能在进行一种仪式。或许可以把这种仪式命名为"喊春"，即用鼓槌把春天从河床上"喊"起来，用鼓声震碎薄冰，为春天从水面上浮起来打通通道。

　　我把这段感想发到了朋友圈，结果有老家的朋友留言说："浩月弟，你关于'敲鱼'的想象太美了！喊春，敲春，把春天请回来，好美！我也宁愿这样想。可往往想象很丰满，现实很骨感。沭河河面上的船家是在捕鱼，他们在河里下了丝网或'迷魂阵'，然后敲一阵船帮，惊吓鱼儿，赶它们往布下的网里钻……可怜的浩月弟哟！"

　　你看看，朋友的留言，多么清晰地勾勒出了一名返乡者的姿态——这么多年来，我已经开始用"美图秀秀"式的眼光看故乡了。这大概是一种思乡者的本能吧。

　　公园里有人在做小生意，卖冰糖葫芦，卖各种烤串，还有各种铲沙、捞鱼的工具和玩具。我给女儿买了一串冰糖小山药蛋，烤了一根火腿肠，烤了一串年糕，还买了一个手工铁桶和铲子，都是大红色，买的时候不知道有啥用，反正看着喜欢就买了。走了不到百米，铁桶派上了用场，公园里有卖摔炮的，就是那种往地上一摔可以炸响的那种小鞭炮，拆了之后放在铁桶里，一路走一路摔，"噼里啪啦"地响。

　　在公园里，我们还遇到有摊主摆了一排游戏机，于是买了一大筐弹珠，放在一个发射器里，击打机器通道里的各式卡通人物。我忘记这个游戏的名字了，微信朋友圈里很多人说小时候玩过，说是一种街头游戏。有位做电影的朋友说，他们的新片开头，还使用了这种游戏作为开场画面。还有朋友评价，"这是找回童年的典型案例"。就是如此简单地在公园里玩了两三个小时，我和女儿都很开心，她跟我开玩笑，说我变成了"老小孩"。

　　在故乡的人，总是可以放肆一些，重新把自己当成孩子。

　　这几天，我总是在想一个问题：何谓故乡？得到的答案是：远行的人才有故乡，走得越远的人，对故乡的概念越清晰。一直没有离开过故土的人，是不晓得故乡的滋味的，那是一种掺杂了诸多复杂情感的情绪，是欲言又止，是一言难尽，是百感交集，更是余味悠长。

　　之所以有故乡的人值得被羡慕，是因为这样的人，无形中拥有了两种生命体验。在外省，更多时间用于拼搏与奋斗，感受到的是扑面而来的新奇气息，而在故乡，更多时间用于徜徉与流连，感受到的是熟悉而亲切的童年气息。在外边累了，可以回故乡休息。在故乡休息好了，可以再次远行。

　　这两种生命状态的切换，无疑拥有了两个人生。对于生活大多单调而枯燥的现代人来说，可以在一年当中的某个时刻，切换一下生活节奏与氛围，是非常奢侈的事情。就像冲出赛道的选手那样，可以暂时放弃比赛，然后重新加入队伍，也有的人就此放弃比赛，从此在故乡"躺平"了。

　　有故乡可回是幸福的，在故乡"躺平"暂时还有些困难，不过，也可以把这当成人生下半场的目标与追求。

不想见人

自打有了"不想见的人就不见"这个念头并且严格执行起来之后，见的人数量锐减，这形成了一个循环——见的人少了，会因为生活轻松而变得懒惰，因为懒惰，又变得愈加不想见人，只是暂时不知道，这是良性循环还是恶性循环。

在一线城市生存，你知道的，见的人越多越好，所谓的人脉，是大家眼中的财富，也是成功的标准之一。我认识的一些做老板的朋友，以一天见了多少拨人为荣，夜晚的时候发个朋友圈，喊累的同时也颇有炫耀的色彩。

我们的文化中也有许多鼓励人走出去多社交的语句，如"多个朋友多条路""在家靠父母，出门靠朋友"等，好不容易这些说法在现代社会规则下被慢慢淘汰了，又有打西方传来的"别独自早餐""别独自午餐"等观念，动员人在吃饭的时候也别闲着，别忘了交际。对于就喜欢安安静静独自吃顿饭的人来说，就餐的时候也要与人谈话，实在有些累。

就我个人的经验来看，拒绝见人的好处太多了：第一，不用因为堵车而浪费时间，有时"见面一小时，堵车四小时"；第二，不用没话找话，故作乐观，装出社会人的样子；第三，节省下来的时间，可以喂鱼、榨果汁、擦地、擦桌子等。

事实也证明，你勉强见了不想见的那个人之后，也是不愉快多于愉快。尤其是对一些莫名其妙的人的请求，最好还是一口回绝。比如某天，有人匆匆加了我的微信好友后，开口就问："明天你在吗？我想和XXX一起去见你一面。"问他有事吗，他说当面说。这人我不认识，但他开口就要求与我碰面，他不觉得冒昧，我觉得冒昧，于是就说了两个字：不在。这个人从此消失在我的世界中，再没联系过。

也有曾经在网上三言两语聊过、名字算是熟悉的朋友，直接打来电话说晚上在哪儿喝酒，都有谁在，让我赶紧过去喝一杯。这种情况通常也以"喝不动了"为理由拒绝了。

在不知道对方在忙什么、有没有心情的状况下，如果我请人喝酒，是要提前约一下的。约的时候，通常以微信的形式，用征询的口吻，并且给人留下回绝的空间……这样的空间，不带压迫性，创造舒适的见面氛围。见面，就要高高兴兴地见，高高兴兴地回家，为下次见面创造条件。

偶尔也有抹不开面子的时候，比如认识多年的人，要求和我见一面，谈谈某个电影或者某个剧本之类的。我不得不挨过拥堵的车流，到达约定的咖啡馆，结果遇见的是俩话痨，根本不给我参与的空间，他们或许只是需要一个听众而已。

年轻时拒绝见人，心理上是有障碍的，总觉得这是没礼貌的事情，是坏了别人的好意。但年龄大了之后，这种障碍就越来越小了，甚至没有了，这是年长的好处之一吧。

能不见面就别见面，能不喝酒就别喝酒，这个原则，也不是铁板一块。有几位老友，上周刚见完，这周又要见，不但见还要喝酒，不但要喝酒还要一醉方休，醉了之后虽然心里后悔，但有人提议再聚，还是内心雀跃地想去。这样的见面，要维护，要坚持，办法很简单，就是别给这个老友圈子加入利益因素，保持纯粹性就好。

作为一个自觉性很强的人，如果不确保有见面的必要，我很少要求与别人见面。前段时间想到一位久未相见的朋友，发微信过去问有时间吗，要不要喝一杯，他回复说，这段时间状态不好，过段时间再说吧。

被人拒绝见面，其实也是件挺开心的事。有时候你觉得，有些人是想见就能随时见到的，但对方未必同样认为。对方不想见你，选择很直白地拒绝你，这是件很好的事情，总比勉强见了，尴尬地喝顿酒、吃顿饭，要好得多。

作家与家务

最近，我爱上了做家务。做家务简直太好了，这感觉太棒了。如果哪一天有外出的活动，比如去书店参加签售会，或者参加饭局，晚上回家的时候发现已经没家务可做，居然还有不小的失落感。

我曾经是不爱做家务的。作为一名以写作为主业的人来说，逃避家务的理由太正当了，随口来一句"我有稿子要写"，把书房的门一关，大可以什么都不管，舒舒服服地躺到沙发上玩手机，等到觉得家务差不多被做完之后，再打开门去客厅看电视。

我突然喜欢上做家务，源自有一天看到一篇文章，说蟑螂的主要食物来源是厨余垃圾。不知道这个常识触动了我哪一根神经，我当即动了要饿死蟑螂的念头。这个想法一产生，便忍受不了厨房有任何不干净的角落了，家务情结从厨房开始，逐渐延伸到拖地、擦桌子、洗晾衣服等。

不是没有过疑虑：作为一名似乎天生拥有逃避家务义务的人，突然这么神经质的开始热爱家务，这是否属于某种病态？我深刻地想了半天，得出这样一个结论：也许在内心深处，我并不认为自己有能力成为一名优秀的作家。我内心的独白是：你连一部（篇）优秀的作品都写不出，做点家务怎么啦？

石黑一雄获得诺贝尔文学奖后，有人问他获奖秘诀，他说这要归功于不做家务。这句话说得太好了，没准许多同行拿他的话当挡箭牌，拒绝做家务。石黑一雄太有范儿了，我猜其他多数诺贝尔奖的获奖作家也像他一样，在家里不怎么干活。

为什么作家对家务如此深恶痛绝，并以不做家务为荣？这令人想不通。做家务是件多么有意思、有成就感的事情。当那些油腻的青花瓷碗被清洗干净，那些筷子整齐地竖在筷笼子里备用，炒菜的铁锅时刻处在备战的状态，燃气灶的玻璃台面可以当镜子照……多么令人神清气爽呀！

所有的垃圾都被归类并集中扔进了户外的垃圾桶，消毒碗柜被启动并闪烁着令人安心的蓝光开始漫长的工作，洗手间里的洗衣机默默地转动着，客厅的地面被拖得一尘不染，猫咪在被暖气烘热的地板上欢乐地打着滚……这样的时刻真让人感到幸福，这样的幸福让人觉得，成不成为一名优秀的作家，并不那么重要。当然，如果写出传世作品的代价是必须不做家务的话，我还是选择前者。

作为一名现代人，其实可以做的家务已经少而又少了，洗衣服有洗衣机、洗碗有洗碗机、扫地和拖地有功能合一的机器人……科技的发展，正在越来越多地把人们从家务中解放出来。有文章说，正是因为家务被假期取代，女性才有了更大的工作自由与家庭话语权。家务的烦恼已经被消灭了七八成，同样，家务的快乐，也消失了七八成。

做家务是有快乐的——我以一名写作者的眼光与感受，很明确地告诉你。人在做家务的时候大脑最为放松，做家务的单调，可以给人以大量的思考空间，用于想一些你十五分钟后压根就记不得的事情。无处不在的信息包围，已经让人丧失了遐想功能，而做家务恰好能对此进行修复——一边用水淋淋的手清洁着碗筷，一边想象着千里万里之外遥远的事物，这样的快乐，很是难得。

在古代，"作家"一词的字面意思就是"家务"。"作，为也；作家，即治家、理家，管理家务。"据说这个词最早是用来形容诸葛亮的。这个典故如属实，那当是给作家做家务找到了一个最有说服力的例子。

我的乡居梦

　　我岳父在山村有一处老房子，最近要改造。内弟拥有了改造这所房子的权利，他的想法是：把旧房全部拆除，因为院子里的树影响到了房子的拓宽，还要把碍事的树砍掉，房子要盖三层高，因为邻居的房子就是这么高。而我的建议是，老屋本来就挺敞亮，可以保持主结构不变，采取大量钢结构和大块钢化玻璃，把它改建成漂亮的民宿式度假地。比起老房子，院里高大的树木才是无价之宝，宁可把树盖进房子里，也不要动它的一枝一叶……

　　显然，我与内弟的改建观念，有不小的冲突，但作为继承者，他有最后的决定权。我的建议没有被采纳，但我也没有失落感，因为对房子的看法与需求有诸多不同，我们是谁也没法说服谁的。作为已经被城市同化了的一个人，我更愿意站在设计师的角度上去看待房子的改建效果，从结构、采光、美学等方面，来评价改建后的房子。而作为出生并成长于乡村环境里的人，房子往往没法按照自己的意愿去修建，最后完成的建筑，其实大都是妥协的结果——既要含蓄地表现出自己的实力，又不至于让周边人感觉到冒犯。

　　我在乡村与县城生活了 24 年，在一线城市生活了 21 年，深知在这两端能生存下来，都不容易。近年想要逃离大城市的愿望越来越强烈，但想要回到乡村久居的愿望，仔细考虑起来，想要实现也变得越来越不现实，因为无论哪个方面，渴望居住的房子也好，思维与行为观念也好，包括社交在内等，都很难再了无痕迹地融入乡村社群当中了。人在被当成一个"突兀"的存在的时候，总是会感到不自在。

在城市生活久了的人重回乡村居住，房子不过是一个"符号"，它所带来的困扰，其实还是挺好克服的。更多的难点或者说阻碍，是"返乡者"如何看待乡村的问题。作为被城市规则"规训"的人，"返乡者"更注重个人隐私、社交边界、权利维护，而在乡村，往往并不在意这些，你住在哪里，就会成为哪里的一分子，如果做不到，难免会产生不舒适感。如果只是作为乡村的一个"客居者"，自然产生的那份孤独感也会令人难以忍受。

以热情、欣赏的态度，来对待乡村的进步，以中立、客观的角度，来评断乡村发展过程中的不足，这是"返乡者"能否再次融入乡村的关键。但往往现实状况是，短暂地在乡村旅行，回味过往生活的亲切与熟悉，这是简单、容易做到的，而当长时间地在乡村停留、居住，美好的光环逐渐变淡，"返乡者"真正的考验才会到来。许多"逃离北上广"的人没法经受这种考验，又纷纷"逃回北上广"。所谓"回不去的故乡"这个说法，就是这么形成的。

未来，人们的"乡居梦"实现起来会不会容易一些？乐观地看，是可以的。因为在几乎所有的发达省份，乡村观念与城市观念的对接速度在加快，曾经的鸿沟在被快速填满，而在不发达省份，人们已经学会更为妥帖地处理乡村跟不上城市发展速度所带来的矛盾，以柔和的形式，让乡村保留原始的淳朴，对于城市生活方式的部分屏蔽，也使得乡村味道得以更大程度地保存。

假以时日，所有人的故乡，都是回得去的。相信这一天，并不太遥远。

我们在书店见面吧

我的图书出版策划人说，写作者不能总待在书房里，也不要以抛头露面为耻，在许多行为都由线下转向线上的时候，写作者与读者在线下的见面，会建立一种强联系。见过面的读者，会对写书的人留下一个更立体、更真实的印象，如果他认同你写作的内容，会很有可能成为你一生的读者——对于写书的人来说，这是何等幸运的事。

对于与读者的线下见面，此前我是持犹疑态度的，但经过今年春夏两个季节近十场活动之后，想法有很大改变，甚至有些喜欢上了在一个有读者出现的场合公开表达自己。尤其在人员流动性很强的书展上，有些读者根本不认识你，在经过展台的时候，偶尔听到有人在台上说话，于是他停了下来，饶有兴趣地听上几句，之后买一本书带走，或许就此之后，他就成了你不见面的朋友。

我每年都会去几次上海，对这座城市已不陌生。我喜欢上海的精致、时尚、规则意识强，也喜欢上海的夜色。6月底，我在上海一家书店做新书分享会时，特意提前一天到达，住在书店附近的一家酒店，先是和在上海的几位朋友见面、吃饭、聊天，然后一起去书店与几十位没见过面的读者朋友聊天。

活动结束后，因为距离下一个城市的活动时间还有两天，于是我就在书店边的酒店多住了两天，白天去书店逛逛，午餐、晚餐的时候随便吃一点东西，晚上在房间里写东西。那几天过得非常轻松，感觉拥有了一种不焦虑的生活。

在日常生活里，每个人都在处理焦虑，焦虑已经成为现代人的情绪标配。我常常想：阅读能使人摆脱焦虑吗？我们是应该在感到焦虑后再去阅读？还是该提前建立良好的阅读习惯，尽最大可能地避免焦虑产生？

我个人的经验是，在焦虑正在进行时，是没法进入阅读状态的，而如果在较长一段时间里不中断阅读，则能够增加不少抵御焦虑的能力。如果在某个无意的时刻，从内心深处涌出一些平静感与幸福感，或许那是阅读带来的作用。

但凡一个繁华的商业地段，要是没书店的话，总让人觉得缺少点什么——这么想的人多了，逛书店便成了一种生活方式。书店里的人，步履轻松，表情充满神往，一扇书店的门所隔开的世界，有了明显的差异。

但还是有一个问题使人担忧。以我为例：逛书店的时候，无论怎样都要选几本自己觉得一定会读完的书带回家，但真正带回家之后，放在床头、放在茶几上、放在洗手间里，大多还是被集中放在书架里，一层透明的玻璃，再次将我与书隔开。

我的担忧是，书的功能是不是只满足了我们的消费欲、占有欲，书与我们精神之间的联系，是不是仍然像以前那么薄弱？同理，我们逛书店、去书展，有没有被某种隐形的仪式感绑架，或者只是不自觉地去实现一种参与感？

想要破解这种忧虑，还是有办法的，很多人也正在主动地使用这种办法，即除了要和书多亲近之外，还要与人多建立面对面的联系。现在书店里举行的作家讲座，参加的人要比以前多了不少，不知道是不是因为这个原因——在社交媒体花费了人们那么多精力与情感之后，线下的见面有了更为重要的意义。

　　据我所知，不少不善言谈的写作者，为了线下的读者见面活动，都准备了不少掏心掏肺的话。读者可以花一点时间，去听一下这些话，哪怕最后只记住了一两句，也是蛮有收获的事情。

写作时的一百种状态

　　不少著名作家写作时是有一些小怪癖的。比如马克·吐温要划一只小舟到安静的湖里才能写得得心应手；如果没有咖啡，巴尔扎克会一筹莫展，他曾预言过自己"将死于三万杯咖啡"，到他去世时有人统计，他喝过五万杯咖啡，"慢性咖啡中毒"是导致他死亡的原因之一；海明威喜欢站着写作倒也罢了，让人觉得新奇的是，"金鸡独立"式的站立写作会让他感到更加舒服……

　　每当我写东西想要偷懒，或者写不出来的时候，会翻出这些作家们的写作怪癖看看能否启发一下自己。久而久之，我果然也养成了一些暂时还谈不上怪癖的小习惯，比如：每次动笔前，要去洗手池把手洗干净，多数时候洗一次就管用，写到中间卡壳的时候，搞不好还得再洗一两次。洗手仿佛能带来一种心理暗示，仿佛能把自己的文字也能洗干净一点。

　　除了洗手，我还容不得指甲稍微长长一点。只要在敲击键盘的过程里，突然发现指甲有点长，这个时候无论怎样也是写不下去的，必须把指甲剪秃了再洗干净手之后，才能安心坐下来继续写作。从心理学的层面可以这样解释：剪指甲是缓解焦虑的一种表现。

　　有朋友说，看你写文章还蛮通顺的，看着行云流水，没有一点焦虑的痕迹啊。这位朋友想必是不太了解写作这回事，一篇（部）作品的完成，读者只是看到了文字以及被文字承载的故事与情绪，作者在现实中所承受的压力，是不会被传导到作品里的——作品是作品，生活是生活，只有有能力在两者之间建立一堵隔离墙，作家才能更自如地进行创作。

现实太强大，渗透力太强，作者往往扛不过现实生活的琐碎与浮躁，而需要自己投入更多精力的作品，产生一种不耐烦。对此我的处理方式是，把我最喜欢的两位作家菲茨杰拉德和毛姆的照片打印出来装进相框挂在墙上。这有一种神奇的效果，每当苦恼的念头滋生，不想写作的时候，看看他们在墙上俯视我的样子，我会立刻变得像个小学生，老老实实地干活。

我写作的活儿，当然大部分是在书房里完成。但受写作体裁的影响，许多时候不得不在其他场所完成。仔细地往前捋一捋，忽然觉得我的写作经历还是值得盘点一下的，因为我的这个工作，经历了环境、工具、平台等多方面的变化，记述下来，或能让朋友们侧面感受一下时代的变迁。

在还是文学爱好者的 20 世纪 90 年代初，我写作时，会在格子稿纸的中间垫上两三页甚至三四页的复写纸，写的时候要分外用力，这样最后一页复写纸才能在力的作用下，留下仍然清晰的字迹。复写出来的稿件，第一份寄给自己喜欢的报刊社，最后一份留给自己当底稿，中间的两三份备用，如果文章没有发表出来又没有退稿，就会把备用份再次投出去。

20 世纪 90 年代末的时候，我上班的单位有了第一台打字机（非电脑，就是功能单一的中文打字机），能把文章打印得整整齐齐，这可太让我开心了。我那会儿不会打字，就经常请打印室的女孩吃饭，请她忙完单位的打字工作后，帮我打印文稿。记得有一年，花费了近一个月的时间，我拥有了十本自己打印"出版"的诗集，诗集正是用打印机一页页打出来，然后裁剪装订而成的，"出版"后赠给了联系最密切的文朋诗友。

2000 年，我来到北京，接触互联网，在网上论坛发表网文，这是一个大家都熟悉的时期，没有太多值得说的。我印象深刻的是，在 2002 年第一轮互联网泡沫结束我失业之后，决心像沈从文、王小波那样，靠写作来养活自己。为此，我专门买了一台笔记本电脑，背在身上。因为没有办公地点，也因为消费不起咖啡没法去咖啡馆写作，于是我每天去建国门附近的一处小公园写作——这边是坐在花坛边上用键盘写作的我，旁边是锻炼身体的老人。

第一次的自由撰稿生涯以失败告终，但没有阻止我在五年以后的 2007 年再次尝试。那时我已经与朋友合租一间办公室，他办公司，我当写作个体户，勉勉强强可以养家糊口。但到 2008 年，我再次入网，和一帮北京的朋友飞往上海，去一家著名的网络文学网站工作。就这样兜兜转转，到 2015 年，我终于拥有了一个追求了二十余年的自由撰稿人身份。

有人问我："自由撰稿人'自由'吗?"我说："并不。"有人又问："那怎么你看上去显得那么自由自在?"我说："装的。"装自由，也是我的写作姿态之一，为了能装出来，其实背后是要付出许多努力的。这种努力，我想了想，从很久以前就成了一种刻在骨子里的习惯。比如在短信时代，只有 2G 互联网，影院里发不出邮件，因此我在看电影时总是选择最后一排，这样可以边看电影边写影评，写一条影评就用短信发给等在那头的编辑。往往一部电影出片尾字幕时，编辑手里就已经有千余字的影评文章了。

比如我带家人外出旅行，高速公路上收到约稿电话或微信时，有时候会把车停进服务区，以倚马可待的速度写完、交稿;有时候就换坐到副驾驶座，在时速过百、耳边不时有货车呼啸的高速公路上完成"作业"。

比如我和朋友们去外地参加笔会，有时候喝完酒后会玩一会儿牌，回到房间后，仍然要将第二天要交的稿子，思路清晰、保质保量地完成，然后再把清晨 7 点准时推送的微信公众号文章编排完毕并设置好定时推送。我负责编辑推送的公众号，已经运营了七年多，总计发表了近2500 篇推文，除了国庆、春节两大节日休刊外，七年多的其他时间段从未间断更新，应该算是非常勤奋守时的公众号了。

前段时间，用了许久的鼠标坏了，购买新鼠标的时候，被销售人员推荐了一款带录音转文字功能的鼠标。我出于好奇心买下了，并带回家实验了一下。你能想象出来，前些天的某篇文章，是我对着鼠标念念有词地"写"出来的吗？那篇文章后来顺利地发表出来了，只是我的脑海里始终忘记不了那个荒诞的画面，觉得太没有写作的严肃性了，可以算是我写作时最怪诞的状态。

看作家题材的电影，特别喜欢那些充满古典浪漫主义色彩的叙述与画面，一支蘸墨羽毛笔在纸张上摇动着，一台打字机敲击出好听的节奏，一个优秀的故事就这样慢慢地从眼睛蔓延进心灵……可惜，我们这代写作者们，包括后来的写作者们，很难找回那样的写作情境了。也许最遗憾的是，哪怕写作的姿态再多样，我们恐怕也写不出那么经典的故事了。

大　雨

　　外面又下大雨了，听说个别地方还下冰雹了。我是通过微信朋友圈知道这个消息的，家里的窗户封闭得很好，听不见雨声。如果拉开窗帘的话，是可以与网上的朋友同赏一场雨的，但我没这么做，我仿佛对大雨有一种躲避心理。

　　大雨曾是我的童年阴影。你不知道以前的农村，雨下起来究竟有多大。我曾在七八岁时的某个黄昏抬头望着下大雨的天，那天上就像有一个大窟窿，窟窿里下的雨用"倾盆大雨"来形容远远不够，那不是雨，那是一条河，一条站起来的河，一条站起来的、扭动着身躯的、咆哮的河。

　　看过这样的雨之后，我就不信海底有龙王了。龙王没这么大的能量。我在电视剧里看过，龙王喷水的时候，也顶多够浇灭几所失火的房子。而那个"窟窿"没完没了地涌出来的水，像是可以淹没整个世界，那条河太粗了，太黑暗了，力量太强大了，没法被阻挡。

　　我还在电视剧里经常看到这样的剧情：有人吵完架之后，夺门而去，外面电闪雷鸣下着大雨。我总不太相信这样的情节，一般情况下，谁想在雨里冒险呢？雨太可怕了，我要是离家出走的话，就绝对不选雨天，要走也要等到第二天雨过天晴之后，踏踏实实、开开心心地走。

　　因为从小对雨有恐惧心理，所以基本没遭过雨的罪。伴随着年龄的增长，暴雨的降落次数似乎也少了。再者成年后到城市生活，工作在大白天也开着耀眼日光灯的办公室里，下班直接从楼底的通道进了地铁，往往出了地铁才看到外面雨点纷纷、地面积水，恍然大悟般在心里感叹了句：哦，下雨了。

但人活一生，怎能躲过大雨的袭击？大约五年前，我开车载着家人从北戴河回北京，刚上高速公路就下起了大雨。一开始不以为意，觉得高速公路的多数路段都是高架，雨下大点也没啥，应该会很安全。但实际情况完全不是这样。那天的雨不是瓢泼大雨，也不是像用桶泼下来的，干脆像一条瀑布在车前挡风玻璃那儿奔泻，视线看不到五米之外，油门收了又收，慢到不能再慢了，但还是觉得危险，不敢停车，担心后面的车看不见我车的双闪撞上来，只能一边慢慢开，一边间歇性地按着喇叭……那一路真是开得提心吊胆，直到进入北京境内，天神奇地晴了，再往前开，路边竟然干燥无比，滴雨没有，真是神奇的一段旅程。

两年前某个夏天的雨夜，我开车去北京东边的燕郊。燕郊有条著名的路叫燕顺路，每逢下雨路面上就会变成"汪洋大海"，之前就久闻大名。但我抱着侥幸心理，以及对自己驾车技术的盲目自信，先是小心翼翼地开进燕顺路，等发现情况不对时已经后悔莫及了——我把车开进了"大海"里，继续开不行，前面"碧波荡漾"；后退不行，找不到转弯掉头的标志；停下也不行，在对面呼啸而过的工程车带起的波浪中，只要把车停下来，这一吨多重的车就会变成小木船一般，被荡得晃来晃去……后来，一辆大卡车从旁边开过，带起一股大浪砸在车头上，车终于自动熄火了。当时正值半夜时分，叫天天不灵，叫地地不应，我干脆翻过驾驶座，躺到后排座椅上睡起觉来，时不时地还能感觉到车在漂移。那时刻真觉得自己成了"少年派"，一个人孤独流浪在海上。

下雨天尽量不要出门啊，我这样告诉孩子，孩子却不以为然。这真让人忧心忡忡。孩子小的时候，哪知道外面风雨大呢？大人为孩子担忧，甚至因此唠叨，是基本没什么用的，他们早晚要走出门外，面对自己的风雨，在某个孤独无助的时刻，想起父母的话，对人生产生自己的体会——要么感慨生活的艰难，要么喟叹命运的无常。不知道那个时候，他们是否能够做到内心保持一份平静，在了解到这不过是无数种需要面对的生活常态之一后，有"不过如此"的勇敢，以及"但求平安"的谨慎。

大雨是谁都承受不了的，童年的孩子承受不了，中年人也承受不了。记得在风雨中用力让自己的货车不被吹翻的司机吗？记得无力扶起翻倒在雨水中的摩托车的送餐小哥的哭泣吗？记得全部家当被泡在雨水中的那些人的愁容吗？……大雨就像是个劈头盖脸的教训，躲是躲不过去的。

但大雨之后，生活还得继续啊，继续在几尺屋檐下过好平凡琐碎的日子，继续展开双臂呵护需要保护的孩童。雨水落在脸上就是汗水，汗水就要及时地抹掉，不能让它挡住往前看的视线。或许可以这样安慰自己：这点雨算什么呢？大风大浪都走过来了，咱们继续奋力前行吧。

第四辑　追月光的人
（旅行笔记）

李渔：追月光的人

夏李村是浙江省金华市兰溪市的一个村庄。李渔一生当中在如皋、南京、杭州都居住过，但我对夏李村最感兴趣，因为这里是李渔的故乡。有人说，"喜欢一个人，就一定要去他的家乡看看"，抱着这样的心理，我来到了夏李村。

夏李村的人待李渔不薄，李渔去世后葬于杭州的墓遍寻不到，家乡人去了一趟杭州，把李渔的魂"请"了回来，并在当年李渔第一次盖别墅（伊山别业）的地方，修建了祭奠处。同时他们还花费了一大笔钱，把那处离村子有一小段距离的山坡，修整得曲径通幽，诗意盎然。

来到夏李村的时候，正赶上"李渔诞辰410周年祭祀大典"。有人身着古装向李渔墓（其实是一大排刻着李渔著作的石碑）行礼，神情严肃，感情投入，极具感染力。

在排队献花的队伍中，李渔的第十代孙李小白，一手举着一枝黄菊花，一手拿手机拍视频准备发抖音。从侧面看李小白的面庞，让人不得不感叹基因的强大，他和画像中的李渔，真是神似。因为有这位李渔的后人在，恍惚间，祭祀大典现场真实感与穿越感交叉，历史与现实仿佛在这一瞬间凝固。

后来，在与李小白的攀谈中，我忍不住对他说："从您英俊的相貌来推断，李渔也一定很帅。"他很开心，滔滔不绝地讲起家族的鲜卑族血统，以及自己与李渔的相似之处。李小白已经是七十岁的老人了，但笑起来的样子像五十来岁。

李渔喜欢人多热闹，但在居住处的选择上，又偏爱与人群保持一定的距离。他青年时把伊山别业修建在村外的山坡上，就很能显现他的秉性——既要保持一点清高，来俯视尘世中的一切，又可以在好奇心等涌动的时候，一头扎进人群里。李渔给夏李村办了几项好事，包括修水坝、修路、制定村规等，现在村里人给予他很高的礼遇，也是知恩图报。

对于李渔这个人，很多人知道他是《闲情偶寄》的作者，是中国生活美学的创造者之一，其他的就了解不多了。我发现，对李渔了解得越多，就越会加深对这个人的喜欢，因为在中国古代文人当中，他太独特了，也太复杂了，因而与众不同。在他的独特与复杂之外，还有一个不太广为人知的特点，就是他太"现代"了，在我看来他就像一个早出生了四百多年的现代人。

李渔的故事中，我印象最深刻的一个片段，是青年李渔随父母住在如皋的时候。有一年中秋节，李渔在自家花园一边喝酒一边赏月，但抬头望月时，却发现因为花园上空被几片云朵遮挡的缘故，自家庭院地面上的月光并不亮堂，而一墙之隔的邻居家的花园并没有被云朵遮挡。于是他提出要求，要去邻居家赏月，邻居同意了。

可当他兴致勃勃在邻居家坐下的时候，却发现夜空上的云朵已经移动到邻居家这边，自己的花园又是满院银辉了。这让李渔产生了造化弄人的感觉，但他却并不伤感，哪儿有月光就往哪儿跑，这才是李渔的性格。正是因为这种性格，他才会在改朝换代的乱世，通过不停地更换居住地，尽力为自己与家人营造舒适的生活环境。

李渔是一个追逐月光的人，这一印象一旦留于脑海便挥之不去。英国作家毛姆的《月亮与六便士》，书名给出了一个对立的概念：在精神追求与物质享受之间，只能二选一。但李渔不一样，他要两者兼得，既要天上的月亮，也要俗世的金钱。物质之于李渔最大的功能，就是服务于他，他一生盖过四所漂亮的房子，他一边写书、卖书、赚稿费，一边开书店印书赚利润，偶尔还主动出击打击盗版——属于自己的正当利益，一个子儿也不能少。

有人说最早的自由撰稿人是王小波，也有人说是鲁迅，其实李渔才是自由撰稿人的鼻祖。最多时，他靠自己的一支笔养活了一家四十余口人。他很擅长推销自己的著作，在辛劳的写作之余，也擅长通过戏剧来娱乐自己与大众。他还是一名出色的编剧与导演，李渔家班的表演在当时大受欢迎。可以说，李渔在当时走出了一条主要依靠市场的生存之道。

李渔的精神世界如月光般皎洁，这是因为在他一生大多数时光中，都是一名自由主义者与理想主义者。他对自由的向往与追求，在童年与少年时就以被父亲斥责为"顽劣"的形式展现了出来。他读四书五经的同时也读大量的其他书；他在私塾完成课业后会在整个如皋城里疯跑；他会通过在父亲的朋友们面前表演诗歌朗诵来讨得一些钱，也会在梧桐树上刻诗记录成长时的内心悸动……

他是聪慧的，也是叛逆的，但他所有的与众不同，都指向了对自由的追求。他的作品几乎从未提及父亲，他与父亲一生都未和解，或许原因就是父亲的管制与约束，对他的少年心性造成了不小的伤害。

李渔内心的自由气质始终没有丢失。他着迷于修建自己的园林别墅，是想按照自己的意图，打造出一个区别于周边环境的自我世界，在这个小世界里，他可以屏蔽外来的评价与干扰，自由自在地生活。他有一个据说多达六百余人的社交朋友圈，虽然其中某些人的一些交往目的不免有些功利色彩，但李渔确实又是一个敏感的、识趣的人，朋友来去自由，随心随缘。对待恶言恶语，李渔基本上也不会有什么过激反应，他内心的自由感，给他提供了一种强大的保护作用。

李渔曾有一个短暂的理想，就是反抗父亲，坚决不做商人，而是满足母亲希望他入仕的愿望。但他的理想在府试成功、乡试失败之后就破灭了。服务于朝廷，或许根本不是李渔的愿望，他只是不愿意让母亲失望而已。李渔真正的理想，就是按照自己的兴趣去生活。他的成就感来自写作，直到去世前，他还在病床上为书店将要出版的新书写序——写作，才真正是李渔最大的理想寄托，为了写作，李渔的确也拼尽了全力。

故乡夏李村之于李渔的意义，或在于这里是他"开挂人生"的一个起点。在夏李村，他奉母亲之命结婚成家，初次体会到成功的狂喜与失败的沮丧。乡试失败的打击，还有对前途未卜的忧虑，都没有让李渔消沉，故乡对他而言，仿佛有一种治愈的力量，也有一种无形的鼓舞。作为一名回到故乡又离开故乡的人，这一段经历，足以成为他人生体验当中一笔珍贵的财富。

当祭祀大典进行到最后时，响起一串长长的鞭炮声。我走出新的"伊山别业"，穿过了且停亭，走向不远处的夏李村。现在的夏李村还有一个名字叫"李渔戏剧小镇"。宽阔的村口建了一个硕大的舞台，舞台上，四名年轻的红衣古装女子正在随意地挥舞衣袖，彼此交谈。那是四个很活泼的女孩子，看相貌应该是"00 后"。李渔是这个古老村庄的过去时，而她们是现在进行时，希望她们能真正懂得李渔。

作为一个一生追逐月光的人，李渔被不少朋友引为知己，但李渔晚年贫穷孤独，往来朋友极少。他去世后，是他的一个追随者——钱塘县知县梁治湄赶来主持了他的葬礼，并为他买了墓地、立了墓碑。因为墓地并不显眼，后期也缺乏保护，到 20 世纪 50 年代，墓已消失，墓碑也很快不见了。

现在好了，李渔魂归故里，故乡的月光，可以被他当作酒，夜夜饮下了。

一杯薄酒敬于公

　　一个夏日的傍晚，我们把车停在一处在建工厂的两扇大铁门前，看门老人疑惑地向我们看过来。开车的朋友乔闪老兄下车过去打招呼，他与看门人似乎相识，在简单地交流几句之后，看门人明白了我们的意图，知道我们是专程来拜谒于公墓的，于是示意我们可以进去。从看门人的眼神与表情中，我可以观察到，已经许久没人前来探访了。

　　工厂四周筑起了高高的围墙，围墙内的厂房也很高大，只是才建设了一半，不知道厂房的用途是什么。如果不是带着目的而来，很少有人会进入这样的厂区。围墙和紧闭的大门本身就有一种拒绝意味，如果再与看门人一面不识，陌生人很容易被拒之门外。带着点庆幸，我们向厂区南侧的一条小道走去。

　　其实已经无小道可言，近人高的杂草荒木已经把过去可能存在过的小道全部掩藏。久居城市的人一脚踏入，内心难免慌张，方才还亮晃晃的天空，此刻仿佛瞬间消失，取而代之的是遮天蔽日的十几米高的大树，燥热的天气瞬间清凉了起来。越往深处走，越是人迹罕至的样子，无来由地想起《聊斋志异》里描述过的场景，陌生感潮水般涌来，但在无尽的陌生当中，又掺杂着些许不易觉察的熟悉与亲切。

　　正是通过这次探访于公墓，我才真正了解了这座墓的重要性：元代戏曲家关汉卿创作的杂剧《感天动地窦娥冤》，取材自汉代著名的"东海孝妇"故事。这一故事最早被记录于《汉书·于定国传》，而于定国之所以被写进《汉书》，是因为他做过西汉的丞相。但于公墓中所埋之人并非于定国，而是他的父亲。于定国的父亲生前做过县狱吏、郡决曹，职位低微，算是无名之辈，连名字都难被人记住，所以后人尊称于定国的父亲为"于公"。于公一辈子做了两件大事，一是做狱吏期间坚持为屈死的"东海孝妇"申冤，促使新任太守祭奠"东海孝妇"并为之翻案；二是培养出来一个当丞相的儿子，沾了儿子的光，他的事迹才被写进史书中……

秦汉时期，郯县（今山东郯城）为一级行政区东海郡治。汉武帝时全国设十三州部，每部设一刺史，郯县为西汉徐州刺史部的治所。位于县城西关的这座"于公墓"，与县城东外环路侧仍然保存的那座"东海孝妇冢"互相印证，两处墓葬都是"东海孝妇"故事的发生地在郯城的有力佐证。元代以"于公"为主人公的剧本有很多，比如王实甫写过杂剧《东海郡于公高门》等，不过都已失传，只有《感天动地窦娥冤》为士庶喜闻乐见，一直流传至今。

据县志记载，于公死后，安葬在县城西二里，具体位置说得比较含糊。现在网上有关于公墓的地址记录也不精确，只说是"于公墓坐落在山东省临沂市郯城县城西约 300 米处"。

我在县城长居时，就知道县里有座著名的于公墓，但并不晓得里面埋的是于定国还是于公，网上不少文章把于定国错认为于公。这次进入于公墓所在厂区之前，停留在工厂门口的时候，我打量了一下周边的环境，不禁大吃一惊：这片地方我非常熟悉，曾经在这附近同学开的福利彩票站打过扑克牌，在这旁边加油、修车、洗车、补车胎，还曾在一墙之隔的羊肉馆和文朋诗友一起喝酒、读诗，但在长达几十年的时间里，我压根不知道，大名鼎鼎的于公墓，距离自己不过步行几分钟就能到达。

心怀丝丝的歉疚，以及深深的景仰，我走近于公墓。我在三块碑前站定，其中一块是康熙年间所立的墓碑，另两块分别是山东省人民政府和郯城县人民政府所立的"文物保护单位"之碑。康熙年间所立之碑历经岁月洗礼，古朴庄重，尽显大气。我有些担忧地问朋友："这么放置的话，会不会有被盗的可能？"朋友说："盗贼恐怕也不知道这个地方。"

身处于公墓旁边，感觉身边数十亩的大树会说话，脚边旺盛生长的藤类植物会说话，它们所说的话语简单易懂到只剩两个字："寂寥。"现在这里是什么样子，四五十年前就是什么样子，时光在这里仿佛被封禁了，看不到一丝当下的痕迹，让人感觉瞬间穿越到了几十年前。这样的封印，对于于公墓反倒起到了保护的作用。这里的肃穆景象，会让后来每一位到来的人，都能感受到历史的痕迹与分量。

在古今文艺作品中，封建社会的狱吏通常被塑造成媚上欺下的势利小人，但于公的故事表明，同为底层官员，他心怀宽厚、善恶分明，且对小人物具有同情、怜悯之心。在"东海孝妇"一案查办期间，他便发现其中的蹊跷，认为这起案件属于冤案。当时的太守一意孤行，拒绝了他提出的疑点。在新任太守上任后，他借当地大旱三年为由，建议新太守重审旧案，并祭奠孝妇，终于还冤死之人一个清白的名声。百姓喜清官，不分官职大小，于公因此青史留名，符合常理。后世纪念他，也多有一份警醒与倡导之意。

于公虽然做了件大好事，但他的出发点却很朴素，并没有因为自己替人申冤而觉得有功劳。在他看来，这只不过是对通行世间各种大道理的一次忠诚执行而已。从真实人性出发，他或还有利己的考虑。比如史有"于公高门"典故，说于公老家（在郯县西二十里高大社，今郯城县马头镇高大寺村）所在闾巷的大门楼坏了要重修，于公对村里的父老说："把门修造得高高大大的，要让高车驷马都能通过。我判案多积阴德，从未有过冤案，我的后代一定会有受封赏的人。"后来，于公的儿子于定国成了丞相，封西平侯，去世后朝廷封赠他谥号为"安侯"，孙子于永官至御史大夫，重孙于恬也继承了自于定国那里传下来的爵位。于家"一门三侯爵"，被认为是于公主持公道带来的福报。

我心怀敬畏，给于公墓的三块碑拍照，并问朋友一些有关于公墓的问题。其中一个问题是：怎么看不见具体的坟茔样貌？朋友说，眼前这个貌似小山坡形状的土堆，就是于公墓。早年间，前来祭奠的人多，就连路过此处的人都主动用衣襟兜一些土来添至坟上。久而久之，坟茔的封土越堆越大，已经没有一般所见坟茔的样貌了，所以当地人又称其为"大墩"。据朋友说，于公墓是过去县城里地势最高的所在，县里最早的广播电视差转台的铁塔，就矗立在于公墓之上。

比起这个故事，朋友讲的另外一个故事，更显于公生前人品。说有一年除夕将至，狱内囚徒因无法与家人团聚而唉声叹气，于公冒着私放囚徒的巨大罪名风险，与囚徒约定，大年三十打开牢门"放假"，年初三必返。待到初三时，天公不作美飘起了纷纷扬扬的鹅毛大雪，但所有回家过年的囚徒依然全部准时回监狱报到，竟无一人缺席。这一传说虽然无法验证真假，但相信有于公口碑作为保障，也是有一定可信度的。

于公葬于我故乡已有两千多年，我停停走走也在故乡生活了四十余年，说不定曾数百次路过他的墓地，但是到现在才有拜谒他的愿望并付诸行动，不知道算早还是算晚了。我觉得，能重新看见一位远古之人身上的闪光点，见识到其精神与人格的力量，什么时候都不算晚。

在拜谒完于公墓与朋友一起聚餐的那个晚上，碰杯时朋友说："据《丰城于氏族谱》记载，于公的真实名字叫于睿。"我终于知道了于公的真名，于是提议大家一起举杯："一杯薄酒敬于公。"

寻访李叔同旧居

　　我去过许多次天津，但没有去李叔同的故居看过，这有点儿不应该。读过作家汪兆骞先生写的《李叔同传》，得知李叔同故居有房近百间，占地1400平方米，是座豪宅，李叔同在出家成为弘一法师之前，在这里住了16年，享尽了"衣来伸手、饭来张口"的公子哥儿日子。

　　汪兆骞小时候在由大佛寺改成的天津第二十六小学就读，出校门往北，走不了一箭之地就是位于粮店后街六十号的李叔同故居。按照汪兆骞的描述，李叔同故居门口高悬"进士第"大匾，院落呈"田"字形，有精巧的垂花门、游廊、园林。语文老师时常会带着学生们到大院里上课，那时李叔同少年时的一些遗物尚在。

　　李叔同真正意义上的出门远行，是1898年离开天津，在妻子与母亲的陪伴下前往十里洋场上海。在上海，李叔同编报纸、搞篆刻、做音乐。由于长兄文熙从家产中拨出30万元给他，所以他从未为生计发愁，可以轻松开启他有声有色的名士生涯。

　　上海太过繁华，想要寻访李叔同旧居是件颇有难度的事情，我每次去上海，也记不起要去拜访李叔同旧居。回想起来，看李叔同旧居之地最多的地方，竟然是泉州，每次去泉州，都能看到一个不一样的李叔同旧居。

　　位于泉州晋江华表山南麓的草庵，是李叔同晚年经常居住的地方。

从出家到圆寂，24 年间，他有 14 年居住于闽南的寺院，草庵便是其中一座。喜欢题字的李叔同，笔迹所到之处，无不让人赞叹。他的字气场太强大。在草庵，李叔同的手迹以雕刻在摩尼佛雕像前两根石柱上的对联最为显眼："草积不除，便觉眼前生意满；庵门常掩，勿忘世上苦人多。"

在位于泉州老城的"小山丛竹"，有一间大小不过几平方米的简陋房子，据说是按照李叔同圆寂前的居室原样复制的"晚晴室"。那是一间小小的卧室，仅有一张床、一张小桌子、一条凳子、一个箱子，简朴得令人动容。想想李叔同出家前春风得意的翩翩才子形象，再看看眼前的"萧条而枯素，寂实而荒寒"，很是能让人内心安静。我在那所旧居门前久久站立，不愿离去，觉得整个人正处于一条无形的时间瀑布当中，接受一番洗礼。

黄永玉讲过他青年时偶遇李叔同的故事，他们发生过这样一次对话："嗳！你摘花干什么呀？""老子高兴，要摘就摘！"这次对话就发生在李叔同居住过的开元寺，好像黄永玉还对正在写书法的李叔同作出过"写得还行"的评价，并当场讨要他的书法作品。哪知，黄永玉事后没有守约，并未在四天后去取，八天后拿到字时才知道写字的僧人是李叔同，后悔得号啕大哭。我去开元寺的时候，正好玉兰树开花，黄永玉翻墙要摘的，恐怕就是这玉兰花吧，想到这一老一少曾在这儿有过如此交集，对此地额外有了一些亲切感。

据不完全统计，李叔同在泉州先后住过雪峰寺、开元寺、承天寺、铜佛寺、弥陀岩、碧霄岩、清源洞、草庵、净峰寺、普济寺、福林寺等数十座寺院，这些都是他的旧居，如果游人想逐一拜访驻足，恐怕得去许多次泉州才行。

李叔同离开故乡天津后，就再未回去过。与他关系并不亲近的父亲去世，他没有回去；他的原配妻子俞蓉去世，他也没有回去。所谓故乡与故居，有时候是一个人的躲避之地，哪怕超凡如李叔同，也无法心无旁骛地再度踏上故土。

李叔同在他的居所里，主要做三件事情：一是抄经；二是写信，给师友写，给学生写，给日本妻子写；三是写毛笔字，写好的字，遇到有前来拜访的人，随手就送了。

我时常想，李叔同其实并不孤独，当然他也不忙碌，他只是一个把居住之地利用良好的人。房间对他来说如同洞穴，打开房门，他要面对滚滚红尘，关上房门，他拥有一个独享的宇宙。

什么时候，你才能到达李叔同境界的十之一二呢？我扪心自问，但无法回答。我在家里，时常心浮气躁，想要出去，有多远走多远，可刚离开家到河边散步一两个小时，就累得不行，急急忙忙要回来，窝在书房里发呆。

下次去天津，一定要去李叔同故居看看，多待几个小时，在他的精神原乡，多感受一下这位高僧的人生出发之地，或许有了这个经历之后，能更好地让自己沉静下来。

夏游"神话峡"

　　在太行山脉中南方向最为深邃处，有一峡谷名叫红豆峡，原以为峡谷形似红豆而得名，到这里之后，才知这里是因四处生长红豆杉而得名。夏季的一天，我躺在红豆峡一间酒店房间里发呆，不远处刀削斧砍般的巨大山体静静伫立，我忍不住拍了一段小视频发了朋友圈，并配文"躺着看山，两不相厌"。

　　一年前的夏天，曾受朋友之邀来过红豆峡，但因为下大雨，没怎么游览美景就匆匆离去。为了弥补缺憾，今夏又来红豆峡。这次看见的红豆峡，满峡满谷灿烂且透明的阳光，没了雨水带来的云雾缭绕，峡谷在视野里徐徐展开，一览无余。傍晚的时候，夕阳的余晖镀在山峰上，宛如金山塔尖，辉煌又神秘，令人望而起敬。

　　红豆峡归山西省长治市壶关县管辖，长治市是著名的"中国神话之乡"，精卫填海、女娲补天、羿射九日、神农尝草等妇孺皆知的史前神话故事就发生在长治。据当地朋友讲，这些神话故事的发生地，其实距离红豆峡都不远，也就是翻越一两个山头就能到达的地方。我上网搜索，虽然个别神话也有别的地方称归其所有，但确实都发生在红豆峡方圆百里之内。我跟当地朋友讲，这太厉害了，中国古代十大神话，四舍五入红豆峡独占一半，难怪在这里时常会感到仙气飘飘。

　　在红豆峡的几天，朋友讲到最多的，是名字听起来距离现代人要近得多的人物，一个是荆浩，一个是曹操。荆浩是中国山水画开山鼻祖、五代后梁时期的著名画家。这次我所住的山庄，前身就是为纪念荆浩而建设的荆浩画院，亦是当年荆浩隐居红豆峡绘画时所住的地方。荆浩最著名的代表作是《匡庐图》，因有匡氏兄弟数人结庐于江西庐山而得名，但从绘画时间和画面风格看，画中的山却极为接近他隐居的太行山。鉴于《匡庐图》并非画家亲自命名，而是乾隆时期收入《石渠宝笈续编》时编者所加，所以这又给《匡庐图》画的是太行山增加了一分可信度。

在红豆峡几天所饮的酒，名为"荆浩酒"。喝酒聊天时朋友谈到，因为荆浩曾隐居于此，当年有不少山水画家与山水画爱好者慕名而来，峡谷内形成了一个浩浩荡荡的群落。我开玩笑说，那不是成了后梁时代的画家村宋庄了吗？朋友笑着说，可以这么理解。想想进山之路如此险峻，再想想深山之中如此寂寞，而荆浩与他的朋友、学生们却在此饮酒、创作，没准还会欢歌，群山之中，有雅音回响，这是世外桃源的标准配置啊。

关于曹操与这个峡谷的故事和传说就有好几个。他的著名诗作《苦寒行》就写作于此："北上太行山，艰哉何巍巍！羊肠坂诘屈，车轮为之摧……"这首诗写的是袁绍的外甥高干，先降于曹操后又反叛。连年征战疲劳不堪的曹操，为了铲除叛将，不得不翻越太行山，直面盘踞壶关口的高干一部。曹操的军队在峡谷遭遇风雪袭击，前面又无路可走，他写下了这首《苦寒行》一吐内心苦水。和《观沧海》《短歌行》等豪迈奔放、慷慨大气的代表作不同，《苦寒行》算得上是曹操作品中的另类，是枭雄在绝境之下的哀叹。我和朋友一行走出舒适的山庄酒店，踏上曹操曾走过的路，也不由发出一声长长的叹息：这等绝境，只带一瓶矿泉水轻装上阵，都有寸步难行的感觉，就算山羊爬坡，也会三步一趔趄。遥想当年，曹操大军车马劳顿、辎重繁多，曹操不发愁是不可能的。

　　有了冰天雪地，有了《苦寒行》，有了枭雄末路，就自然离不开绝处逢生的故事。传说就在曹操进退两难的时候，山里出现了一位放羊老人，老人不仅把一群羊送给了曹操军队，还指出了一条世人罕知的羊肠小道，通过这条小道便可翻山。曹操感激不尽，学习周朝"牺汤"的做法，把几只羊包括羊肉、羊骨以及处理过的羊内脏等，通通放入锅中煮，士兵们分而食之，有了热量与力气，最终得以借助羊肠坂道逃出生天。这位放羊老人是曹操的救命恩人，据说后来曹操又返回此地专为无名老人建了一座庙，而这道"牺汤"，也被当地人称为"转运汤"。

　　听了曹操的故事，我便对走羊肠坂道跃跃欲试，朋友云淡风轻地说，早餐过后我们一起去走走。原本以为要走的是旅游区常见的那种开发后的山道，有扶手栏杆，有石阶，起码也能看清楚小道痕迹。没承想，顺着小路走了仅一两百米，就彻底看不到小道的痕迹了，大山里的植物覆盖了一切，曹操军队走过的小道早已了无痕迹。已经多年未爬过野山的我打了退堂鼓，朋友说既来之则安之，羊肠坂道在前方还有遗迹，有必要亲眼看一看。

　　深山也是有好几副面孔的，在景点与酒店看到的山是一种样子；钻入山林后又是另外一种样子；进入人迹罕至之处，更是另一番景象。那种由陌生的色彩、气味、氛围构成的景象，迅速把人投入到一个忐忑不安的环境中去、担忧之余又有些期待——这才是真正的太行山，这才是真正的红豆峡，这才是神话之乡与典故出处的原始味道。于是，少年时经常爬山积累的经验被成功激发出来，也有了一些斗志。

　　这点斗志险些被一条蛇打败。那条蛇距离我们不过七八米的样子，有锹柄那么粗，它把自己掩藏得很好，看上去就像一截枯木。朋友辨认了几分钟，无法分辨究竟是蛇还是枯木，便自行前行了。我不甘心，继续盯着看，结果看到了它眼睛里闪烁而过的寒光，被吓得险些跌倒在地。强装镇静地与它对视了十几秒，企图以人类的眼神打败它，但以我落荒而逃告终——其实这根本算不上落荒而逃，我能离开的速度，也不过是一两分钟走一米，它要是想攻击的话，估计我赢的可能性不大。后来想到，它可能也没啥攻击性，只不过被它从未见过的人类吓到了，呆若木鸡而已，想到此，又觉得它有些蠢萌可爱。

在距离羊肠坂道还有一两百米的时候，一棵被雷击倒的大树彻底挡住了前行的方向，也让我们放弃了行程。出于安全考虑，我们决定下山。羊肠坂道最终没有看到，但并不觉得遗憾，因为在丛林中艰难行走的时候，有那么几个恍惚的瞬间，我听见了曹操的呼喊和士兵的喘息。

离开这里前一天傍晚，我独自向红豆峡的最深处走去。修建的山道消失，剩下一段被填平的较为平缓的山路，再向前走，就到了几座山峰脚下。山峰看上去几乎是独立的，像一道道巨大的屏风，人在下面显得特别渺小。走在这样的地方，人是孤独的，心也是慌的，无数山鸟在唱歌，有了点百鸟朝凤的意思。我用手机录下它们的声音，再播放，听来清脆无比。一只不知名的动物从脚边窜出，瞬间消失在厚密的丛林里，这告诉我，该打道回府了。山谷幽深，自有该敬畏的地方。太行山深处，自然更值得敬畏。

夏游红豆峡，只是掀开了整个太行山的一片小小"衣角"。这山脉绵延不绝，有无数的峡谷，无数的故事、传说，以及更为庞杂的未知和神秘。它们在白天展现着巍峨的身姿，在黑夜收纳整个宇宙赋予它的魅力。它永远那里，哪怕无数次造访，也无法了解它的全部，这是所有宏大山脉的共同之处。

去刘湖村

刘湖村与我们村之间，隔着几个村子。

我出生的村庄叫大埠子，村庄很大，村里的人很多。我们村所在的乡叫花园乡——一个听上去很现代的名字，后来读到美国诗人希尔达·杜利特尔的《花园》，就忍不住想起我的老家。那首诗的开头是这么写的："你多清晰，噢玫瑰，刻在岩石中的玫瑰，就像一阵雹子那样硬。我真能从花瓣上，刮下颜色，好似，在岩石上撒下了色彩。"

我在远离家乡千里之外的城市，通过写作回忆往昔时光的时候，就有"从花瓣上刮下颜色""在岩石上撒下色彩"的感觉，记忆这块岩石被我刮得嘎嘎作响，故乡这个鸟巢被我镀上了晚霞般的色彩。

刘湖村旁边的那条河，究竟是叫白马河还是浪清河，在很长时间里我都搞不清楚。顾名思义，白马河和白马有关，有人曾看见一匹白马时常站在河边或饮水，或举目四望；浪清河也好理解，形容河水湍急像海浪，水质比较清澈。我至今还在怀疑：为何在我们这片平原地带，会有这么一条急脾气的河？它在狭窄的河道里掀起波浪、制造激流，它似乎不甘被埋没在草泽中，想要冲出生它、养它的村庄。

我肯定不止一次经过刘湖村。刘湖村给人的印象，就像湖水一样平静。我最后一次经过刘湖村，应该是1987年，那年我从大埠子骑自行车去花园乡中学读初一，初一下学期后又转学去了县城，从那之后就越走越远了。

这个暑假来刘湖村，是因为这个村庄成了网红村，我也不能免俗地来打卡。刘湖村成为网红村的原因，是这个村的"特产"与别的村不一样，这个村里出了不少博士。村里有一条巷子被命名为"博士巷"，博士巷里一共有九户家庭，不多不少培养出了九名博士，户均一名博士。一个村庄可以有许多种出名方式，但以这种方式走红，实在是最好不过的一种。博士巷里的人家，大都敞开着大门，我的理解是：可以推门进来，拜师学艺，问问怎么才能培养出如此优秀的孩子。

一位老人站在他家院子中间，他的头顶紧挨着一棵巨大的、开满花朵的大树，燥热的暑气，也催发了植物，那些花开得骄傲、开得豪放。那位老人培养出了两名博士，我打量着他的面孔，他的笑容敦厚而腼腆。是的，这是我们这个地方的人标志性的笑容，但他的眼神里，还藏着睿智的光，有一种通透感。我一向觉得，居住在乡村的老头儿，他们智慧的源头，是天空与大地、森林与河流。他们是居住在乡村的"秀才"，他们和自己的孩子都相信知识的力量。

在刘湖村的宣传栏里，我看到柳琴戏的介绍，一段唱词顿时在脑海里回荡起来："大路上来了我陈士铎，赶会赶了三天多。想起来东庄上唱的那台戏哟，有一个唱得还真不错。头一天唱的三国戏，赵子龙大战长坂坡。第二天唱的《七月七》，牛郎织女会天河……"这段唱词，我在七八岁的时候就会唱，那时候的小孩子们，在村里大路上碰到，或者在学校门口相遇，冷不丁就会蹦出一句"大路上来了我陈士铎"。这种被称作"拉魂腔"的音调，写进了我们的文化基因，从这个地方走出去的人，身上似乎都带着"陈士铎"的影子。陈士铎喜欢赶集，爱听戏，也有点好吃懒做的小毛病，但他对乡村生活的惬意描述，对家园的依恋，都在无形中影响了人，改变了人。

如果说陈士铎是演绎的，是一个集体形象的缩影，那么刘湖村说大鼓书的韩光义，则是真实存在的"明星艺人"，他的拿手戏是《薛平贵征西》《薛刚反唐》《罗通扫北》等。我小时候在不同地点，听过无数场大鼓书，大概率是听过韩光义的"光义大鼓"的。20 世纪七八十年代，这样的一位鼓书艺人，就是乡里乡外最受欢迎的偶像，只是他们不收出场费，前来听书的各家各户，有的拿出一小袋地瓜干，有的拿几棒玉米，有的捧一大把大米，凑齐了给艺人当报酬。

一次，韩光义到一个村庄连演三个多月，把看家本领都使完了，但村民还不让他走，他便借口家中有急事要处理，连夜出村找到朋友帮他找了几部章回体小说，天亮后又赶回来，把刚看到的故事添油加醋，又演了数天。韩光义有一个忠实的粉丝是卖花生的，韩光义走到哪里，他就跟到哪里卖花生。这样的故事，不禁让我想起刘震云的小说——知音难觅，可一旦遇到，就终生追随，有时候为的是能说上一句话，有时候为的是能在对方所讲述的遥远故事里，找到安放自己人生的方式。

我在刘湖村徜徉，看了看又离开，正如这些年我回故乡一样，每次回来，都会增添一些美好的印象，然后带着一丝不舍和惆怅离开，等待下一次的返回。

辽阔平原吹来浩荡的风

驾车行至大丰，高速公路笔直、空旷如赛道。举目四望，视线毫无阻隔，漫山遍野的麦田，大片大片的湿地，正在进入盛夏的树木，汲取着空气里的湿润，卖力地生长着叶子。

"大丰境内没有一座山。"大丰的朋友们如是说，语气里没有遗憾，反倒有一些自豪。大丰位于江苏，曾名为台北县、大丰县、大丰市，如今归于盐城，成为大丰区。名字虽然改动颇多，不过这片土地的面积未变，三千多平方公里，为大丰人创造他们的幸福生活，提供了足够大的空间。

1949 年，时任上海市长的陈毅，为解决失业问题，向江苏求援。当时的苏北行署主任肖望东，向前来协商的上海客人大手一挥，说道："土地有的是，给你们五十万亩。"于是，大丰便有了一块属于上海管辖的著名"飞地"。

肖望东的豪爽作风，是有历史传承的。清末民初，张謇活跃在大丰，创办盐垦公司，一出手就是一百万亩。张謇通过种植牧草、放养牛羊逐渐改善滩涂土质，再大量种植棉花提供给上海的纺织厂，为大丰提供了最初的财富积累。

大丰不缺土地，还体现在这里有全世界最大的国家级麋鹿自然保护区，占地四万余亩，有四千余只麋鹿在这里休养生息。有了这些历史与底气，大丰的朋友开玩笑也豪爽："来大丰吗，给你几十亩地……"

大丰人豪爽、开朗、包容的性格，是受海洋文化与平原文化双重影响的，但在眼下，对大丰人来说，平原生活要比海洋生活更重要。一百多公里海岸线之所以还未被更有效地利用，大概是大丰辽阔的土地已经足够让这里的人们安居乐业。

大丰人有种自给自足的乐观精神。他们缺什么呢？他们好像什么也不缺，大丰有漫长的海岸线，有大片的土地，有数不尽的河流，有美丽的湿地，有充足的粮食与水资源……这里的"地大物博"，是数代大丰人用自己的双手垦荒得来的。

上山下乡时期，有八万名知青来到大丰农场，后来他们离开了，但八万名知青的垦荒精神却留了下来，他们的故事也留了下来。在为"大丰之大"赞叹的同时，我也不禁揣测：大丰的故事，还有多少有待挖掘？

漫步在大丰的上海知青纪念馆，发现这里的房子被修葺得整整齐齐、干干净净，院落里开满鲜花，有小花园、躺椅、茶馆、咖啡，处处能让人感受到上海人的小资味道。

在纪念馆里喝茶的时候，看到桌上摆着一本张晓惠写作的书，名为《北上海——这片飞地上的爱恨情愁》。在书的结尾，有这样一段话："对他们在难以想象的境地中，挣扎着活成盐碱滩头的一株盐蒿、一棵苇草的命运，心疼着又钦佩着，钦佩人的忍耐力和对环境的适应性。也许，这世上真的无所谓幸福，也无所谓不幸。"

与我同行大丰的著名作家梁晓声，也当过知青。他在应邀为上海知青纪念馆题词时，这样写道："勿忘那些乡情、亲情、友情——提炼伤痕，使之生长出思想来。"八万名知青归去来，会留下多少故事？而生活在这里的几代人，包括仍然热爱这片土地、不忍离开的奋斗者，他们会怎么看待以前与现在的故事？这是一片可以挖掘出许多影视剧素材的土地，她在慢慢等待讲故事的人到来，把她的过去与现在、伤痕与幸福讲给更多的人听。

地广人稀的大丰，无论走到哪里，都显得很安静。但大丰人也不缺制造欢乐的能力，在大丰有片花海，这是大丰人为纪念1919年荷兰水利专家所作的杰出贡献而开发的。

这片极具荷兰风情的花海，每年会吸引三百多万名游客前来游览。完整的配套服务，舒适的居住与购物环境，已经使荷兰花海成为一个近似于迪士尼小镇的欢乐场所。在大丰麋鹿国家级自然保护区，我与刚出生一周的小麋鹿不期而遇，小麋鹿既想亲近人类又有点羞涩，走过来的时候腿脚打绊，那模样不禁让人想起那个叫"心如鹿撞"的成语。

过去的大丰深沉有故事，现在的大丰安静又欢乐，大丰的历史与现实既紧密勾连又层次分明。在大丰，人的心境会不由自主地变得开放而坦荡，仿佛与这片辽阔平原吹来的浩荡之风有关……

遇见琦君

去了两次温州，琦君成为避不开的一个人物。琦君是著名的当代女作家，原名潘希真，以写散文见长。多年前一部名为《橘子红了》的电视剧，就是根据她的同名小说改编的，但并没有多少人因此而更了解她。多年以来，琦君已经是一位快被人们遗忘的人物。

但温州人没有忘记她，他们为她建纪念馆、文学馆，出版纪念文集。我也从传记作家李辉、主持人白岩松等人那里，陆续了解了琦君的一些故事，他们把琦君写进文章里、演讲稿里，让琦君的名字从温州出发，抵达更多人的视野。著名作家张翎以故乡温州为背景，写了不少中长篇小说，也出版过一本与故乡有关的散文集。一个文学意义上的温州，已经变得非常具体化。

最近这次遇见琦君，是 11 月底，与温州著名的书评人绿茶约好了在琦君文学馆碰面。我到达的时候，绿茶已经端坐在文学馆前面开始画他的小画。琦君文学馆是琦君小时候居住过的宅子，曾经的大宅多数被损坏了，剩下的核心部分被保护了起来，修缮后成为寻找琦君踪迹的重要场所。

琦君于 1917 年出生于温州市瓯海区泽雅镇庙后，在瞿溪潘宅度过了童年生活，2006 年去世于台北。离开内地之后的琦君，写下了大量怀念故乡温州的文字。离故乡越远的人，越是对故乡的景物与往事记忆清晰。未能落叶归根，将骨灰葬于故乡山水间，或是琦君的一个遗憾，但故乡人对她的惦念，还有对她的名字的呵护，会让她的在天之灵感到慰藉。

我在琦君文学馆与琦君塑像合影，仔细地了解她生平重大事件，并欣赏她的影像。半个多小时之后，绿茶已经在馆外画下了文学馆的全貌：一栋古朴而大气的南方木质建筑，带有时光与烟雨的气息，旁边是一棵无比高大的白玉兰树，那是琦君童年时亲手种下的，算来已经差不多有近百年的树龄。这棵大树分外葱茏，生机盎然，让它的四周都充满活力。如今，琦君文学馆已成为三溪中学校区的一部分，这棵白玉兰树，要守护每天往来这里的学生，它必须要年轻，它无法不年轻。

绿茶让我在他画的小画上签名留念，我想了想，写下了这样三行字："又来温州，绿茶故乡，遇见琦君。"我喜欢"遇见琦君"这样的说法，仿佛她没有故去，依然会在文学馆的某一个房间里写作，或者在瞿溪山水的某一处游玩。琦君已经是温州的一张文化名片。

推广琦君这张文化名片的人，名字叫周吉敏，也是一位作家，但在投身于对琦君文化的推广与保护事业的五年时间里，她几乎放弃了自己的创作，只专心做与琦君相关的事，如呼吁社会各界参与琦君文化建设、设立与颁发"琦君散文奖"等。她在背后默默付出，承受了不小的压力，也无视怀疑与误解，只为琦君不被时代的洪流淹没。一位作家有家乡人爱护，是有福的。

我第一次来温州差不多是两年前，也是吉敏带我们走近琦君。记得那时的季节是夏天，我们一起拜访刚开放不久的琦君纪念馆。纪念馆位于温州瓯海区泽雅镇的原庙后小学，这所小学是琦君父亲捐资建设的，前几年小学搬走之后空了下来，便改建为琦君纪念馆。

泽雅镇也是吉敏的家乡，这个地方的景色与其名字一样美。虽然该镇的地理位置非常偏僻，但造纸传统却可以追溯到两千年前。这里的造纸技术，据说比《天工开物》所记载的更为原始、严谨，并且在交通极为不便的时代，可以行销到各地的纸店，甚至远销海外。吉敏写过一本名叫《泽雅古道》的书，也写过一篇关于泽雅造纸的长篇散文，但她最开心的事，仍然是做与琦君有关的事情。

记得坐车前往泽雅琦君纪念馆时，就在我们一路赞叹路边景色之美、情绪高亢的时候，车子猛地转了一个大弯，琦君纪念馆的石雕名牌便出现在了眼前。琦君纪念馆算是处在一个"风水宝地"了，站在纪念馆门前与院中的时候，无论往哪个方向看，视野里出现的，都是令人舒适愉悦的自然风光。

两次来温州，和温州朋友聊天，琦君永远是重要的话题之一。我们谈论她书里的温暖，还有她在写下对父母的美好记忆时猝不及防地出现的伤感。琦君在四岁左右的时候父母双亡，她书里所写到的父母，其实是她的伯父、伯母，虽然伯父、伯母给了她亲生父母般的关爱，但她避免不了隐约有"寄人篱下"的滋味。不晓得琦君在写作时是如何处理自己童年际遇留下的阴影的，反正在她绝大多数的作品里，读者看到的，永远是那位深情的、宽容的、坦然的女孩琦君。

但我读琦君的作品，却时常能从她简洁的文字里，发现那些隐藏在海面之下冰山般寒冷而尖锐的隐伤。在一篇名为《金盒子》的名篇里，她写下了哥哥与弟弟的离世，写下了与双亲永别的痛苦："暗淡的人间，茫茫的世路，就只丢下我踽踽独行……"

琦君就是这样，在自己貌似平淡的文字里，埋下几句扣人心弦的话，等待那些与她有着相似命运的读者，读完之后怔怔地呆立原地，陷进她无意流露出的忧伤里。

我一直觉得，琦君是一位骨子里很忧伤的作家，只是她并不愿意用忧伤来打动读者。"虽然她的童年充满了忧伤，但她总把美好的写给少年读者，让孩子们读她的书开卷有益。"这是作家林海音评价琦君的话。

　　但真实的琦君，究竟是什么样子？她的一生，有没有一部好的传记作品可以翔实地记述下来？这多少都令人有点好奇。琦君写了许多关于自己的经历，我想读到那些她没有写出的故事。

　　或许，正是因为有着这样的愿望，我在温州才会产生时时能遇见琦君的错觉。这次在温州的一个傍晚，夕阳西下，我看到远山如黛，那一刻内心很安静。琦君在温州时，一定也这样远望过，要么在她居住的屋顶，要么在她种下的白玉兰树下。

　　看到这样的景色，听到风穿过树叶的声音，那正是与琦君相遇的最好时刻。

愿你回故乡时，仍是少年

　　我的故乡在山东郯城县，这里是山东的南大门，出了门就是江苏，就是南方。因为少小离家，每年春节回来时，我总是在县城活动，很少有机会概览家乡全貌，对于故乡的印象，长久地停留于老电影院、老汽车站、烈士陵园等少数几个场所。今年暑假早早地回来，花上两三天的时间，再次去了解家乡。其间所受的触动，远远大于我的想象。

　　熟悉的地方没有景色，近二十年来，故乡无数次被我写进文章里，但我无法知道，自己究竟是否真的了解故乡。网上有句流行语，叫"愿你归来时，仍是少年"，在我第一次有了强烈想要回到故乡的愿望后，却已经不折不扣进入了中年，不但自己头上近一半的头发变白，家乡的老友，也多已两鬓白发。

　　一个人与家乡的联系，无外乎血缘、家庭。一个人逐渐与家乡产生陌生感，主要源自对家乡风物失去了进一步的亲近。或是出于这样的考虑，我与家乡的朋友在这个暑期开启了一段重新认识家乡的旅程。

　　在接近傍晚的时刻，我们来到了倾盖亭，这是一个新建不久的亭子，传说孔子游历列国经于此，路遇诸子百家中的程子，两人倾盖交谈。程子是春秋时期晋国人，至于他为何会到了山东郯城，与孔子为何会巧遇，不得而知。但倾盖交谈的画面却是可以想象的。所谓倾盖，即两个人的轿子相互倾斜，轿顶衔接在一起挡住骄阳。孔子与程子"语终日"，也就是说，两人谈到了差不多日落时分。他们谈论的内容是什么，史书并没有详细地记载，但两位圣人能够惺惺相惜，就足以构成一段佳话了。

很长一段时间，我错以为与孔子交谈的人是郯子。要知道郯子是郯国的国君，按照现在的接待规格，郯子与孔子倾盖相谈，更符合人们的期待。据记载，郯子治郯时讲道德、施仁义，郯地文化繁荣。鲁昭公十七年（公元前525年），郯子前往鲁国朝拜，昭公设宴款待。席间有人问起帝王少昊氏以鸟为官员命名之事，郯子对这个问题给予了十分详尽的解答。当时孔子在鲁国当一个小官，时年27岁，尚未名满天下，于是随后专门赴郯请教郯子，于是便有了韩愈《师说》中所记的"孔子师郯子"。

我家乡人熟知这个典故，但似乎并不为此骄傲，郯子固然有英名，但孔子的地位依然不容置疑，不能因为孔子曾求教于郯子，便觉得郯子比孔子了不起。山东人的自谦，也不允许掺杂自傲的成分。所以，很少有人拿这个典故说事。

郯城还发生了许多如"孔子师郯子"一样著名的历史故事。比如著名的齐魏马陵之战就发生在这里。马陵之战发生于公元前341年，这场战争是一场同门师兄弟之间的残杀。与孙膑同拜于鬼谷子门下的庞涓，曾因嫉妒师兄孙膑的才华，设计对孙膑施以膑刑，害得师兄只能依靠担架行走。在马陵之战中，孙膑大仇得报。他利用马陵山的险峻地势，引诱庞涓部队深入，一举将其歼灭。

重走马陵之战古战场，正值入伏第一天，马陵山谷暑气蒸腾，因为周边环境保护得好，让人仿佛置身于两千多年前的古战场。树是古时的树，风是古时的风，蝉鸣是古时的蝉鸣，草丛间飞起的蝴蝶，像是刚从战士的铠甲上离开，十万人的呐喊砸在石头上又销声匿迹，士兵死在他们最好的年纪……只有天空的云是新的，它在晴好的天气飘来，把往事又再瞄了一眼，看了一遍。

比马陵之战更惨烈的历史事件，是著名的郯城大地震。这场大地震发生于康熙年间，准确来说是 1668 年 7 月 25 日晚，震级高达 8.5 级，是中国大陆东部板块内部发生的一次强烈地震，它释放的能量约为唐山大地震的 11 倍。我上小学的时候听语文老师讲过这次地震。他说地震之前郯城的行政长官前往京城汇报工作，回郯城的路上知晓了地震的消息，等到他赶回郯城时，整个县城伤亡惨重。这个故事在我童年时留下了深深的阴影，长久以来，每每想到那位县长大人，脑海中就会浮现他四肢着地、痛哭流涕的场景。对于当时的人来说，地震是诅咒，是毁灭，是世界末日，它所留下的阴影，需要千百年的时间慢慢驱散。

因为有马陵之战和那场大地震，我心中故乡的文化形象，一直是一座苦难之城。想到故乡，脑海里交织浮现的是它深厚的文化底蕴、悲壮的战争史诗以及被大自然赋予的深刻伤痕。许多人形容家乡，爱用"神奇的土地"这个略显俗套的说法，但我的故乡的确是一片神奇的土地。这片土地纵然曾满目疮痍，却能够神奇地抚平创伤，再次以肥沃的土地和唯美的自然与人文景观，滋养数以百万计的人们。

在故乡，最神奇的莫过于那棵老神树。老神树是家乡三十万亩银杏林、两万多株古树中的祖先，它的树龄超过三千岁，是世界第一银杏雄树。二十多年前，我第一次去看老神树，进园时买了一兜苹果，嫌拎着重放在了老神树脚下一个不太引人注意的地方，心中默念"请老神树帮我看着苹果别丢了"，等我临走时再来找，那兜苹果已经不翼而飞。

现在，我在盛夏又去拜谒它，它枝叶繁茂，生命活力如壮年。老神树方圆几十米，没有任何树木植物，它孤独又雄伟，如一头不容别人接近的雄狮。它的根系据说盘踞地下数十亩地，有的直接通往不远处的河底汲水。它比别的银杏早一个月泛绿，迟一个月落叶，而且一旦开始落叶，大约会在四个小时内全部落净。每年落叶时刻，金黄的银杏叶翩翩飞舞，游人如织，其情其景，无比震撼。在用手抚摸它粗糙但却充满肌理感的皮肤时，有那么一个瞬间，我仿佛感觉到了它的呼吸与心跳。

　　我以奔跑的心态重走故乡，我要稍微花费一点力气来掩饰自己的孩童心态。重新了解故乡如同再次亲近母亲，全部了解她的青春、她的沧桑和她的故事之后，会产生一种掺杂了感恩、向往、回归、愉悦等元素的情感。这种情感是属于青少年的，这种情感可能会在一段时间里被磨损、损耗一些，但会在某一个时刻重新充盈于血脉当中，让人心情激越。

难忘矾山

2017年11月的一天，我来到了地处温州的矾山，这儿曾有"世界矾都"之称，地方不大，但享有盛名。

其实那次去矾山，不是温州行的第一目的地。我们一行六人的第一目的地，是老友、书评人绿茶的老家龙港镇（2019年8月，龙港撤镇设市，成为温州市代管县级市）。同处苍南县的矾山，距离现在的龙港市不过五十余公里，于是，那次温州之行，就有了矾山游这一个环节。

四年过去了，如今再想起矾山，仍然印象深刻。记得当时，矾山的朋友断断续续地讲了许多发生于这里的故事：在明代，矾山就有了明矾的开采记录。但矾山最辉煌的年代，当属新中国成立初期，仅在矿职工就有三千余人，明矾产值占到了当时温州工业产值的三分之一，小镇上有最好的学校、医院以及四大银行的营业网点……

矾山是经历过繁华的。

一个深藏于山中的小镇，却有着都市般的热闹，成为周边人人向往的地方，这对于矾山来说，很重要。重要之处体现于：第一，这段历史不但给矾山创造了物质财富，也留下了至今仍然能感受到的精神财富，当下矾山人的淡定、沉着、稳重，是"见过世面"的象征，这很有可能会帮助矾山人在经受诸多时代浪潮的冲击时，抵消诸多浮躁与焦虑，而保持一种停留于六七十年前的本真。

　　第二，矾山给后代留下了许多故事。当然，六百多年前这里发现明矾的故事只是其中一个，我更期待的，是这几百年当中（尤其是矾山最繁荣的 20 世纪五六十年代）不同时期发生的故事。那些故事当中，必然有辉煌也有没落，有坚守也有出逃，有怀念也有遗忘……这里留下的小说素材太多了，值得小说家们去挖掘。

　　在矾山的时候，我偶然得知，作家张翎的祖籍是矾山。她的父亲是土生土长的矾山人，因此，虽然张翎并非出生于矾山，但少年时代所填写的表格，都依照传统，写的是父亲的籍贯。这让张翎与矾山建立了一种特殊的联系，这种联系既是血缘上的，也是文化上的。在知道这里是张翎的祖籍地后，我们对矾山又额外多了一份亲切，觉得不仅是在绿茶的故乡游走，也是在张翎的故乡游走。

　　张翎曾这样写道："一直到 1986 年夏天，在我即将启程出国留学时，我才第一次来到我父母的原籍，为埋葬在那里的先辈们扫墓。那个被我多次填在表格之中的地名，至此才有了直观的意义。"读了这段文字，由此更加了解张翎小说与随笔当中那些对于故乡的描写，为何会有惆怅、矛盾的情绪，而这种情绪，恰恰也是诸多离开故乡的人所共有的情绪。

　　作为客人，我们来矾山，是带着好奇与亲切来的。在诸多的感受当中，有两种感受最鲜明，一是会因为在矾山可以触摸真实存在的历史物件而感到悸动。比如钻了许久许久的山洞，来到矾山地下矿洞会议室，会议室还保持着原貌，舞台上的标语口号还未彻底褪色，舞台下的连排座椅仿佛还有参会者的体温。我们这些参观者，仿佛穿越而来，打扰了这段时空。

　　另外一种感受，就是觉得现在的矾山太时尚了。山里的一条古街，被装饰成了北京的后海、成都的宽窄巷子、苏州的周庄古镇等游客云集之地的样子。街上有民宿，有酒店，有咖啡馆，有书店，随便寻找一角，拍摄出来，都漂亮得可以发到微信朋友圈……这让人觉得，现在的矾山，和六七十年前最繁华时的矾山，无缝连接了起来。矾山人用他们的智慧，把矾山的繁华永久地保存了起来，让诸多从千里之外赶来的人，由衷地赞叹。

矾山的朋友请我们在古镇一家古香古色的餐厅吃饭，饭桌上，有一位名字叫张耀辉的文友。他给我们介绍矾山的过往，介绍矾山的美食，还将他出版的个人著作送给我们。在离开矾山之后的四年多时间里，他一直还和我们保持着联系。这也是为什么我会觉得矾山之行并不遥远的原因之一，因为耀辉兄一直在用他的方式，不断地宣传矾山，让更多的新朋旧友，记住矾山。

前些年我在全国各地游走，每到一个地方都会发现，在这个地方总是有那么几位热衷于地方文化的人，在默默地从事着地方文化的守护、挖掘与推广工作，不为名，不为利，搭进去许多自己的时间、精力与金钱。耀辉兄就是其中的一位。他不但自己写了大量与矾山有关的文章，还创办了微信公众号，专门推送与矾山相关的图文。

读多了关于矾山的文章，我原来对于矾山的印象，逐渐地变成了"矾山地图"中的一条线。而诸多其他与矾山有关的文字，沿着这条线逐渐勾勒出了一幅完整的"矾山地图"。在这幅"地图"中，不但可以看到矾山的历史变迁，听到鲜为人知的矾山故事，更是真切地感受到了矾山人对这片土地的热爱。

他们一次次在文章里写下"矾山，我的故乡"，一遍遍讲述背景相近、经历迥异的故事，矾山因为他们的写作与讲述，而脱离了地理上的定义——矾山的"版图"在不断地扩大，因为无论是留在这里还是走出了矾山的人，都把矾山当成了自己的精神家园。

关于矾山，也许我能说的就是这么多，而那个接近于日夜灯火通明的时尚小镇，此刻正卧于深山的怀抱，散发着温暖的气息。祝福矾山更美好，也许有一天，我们还会行走于矾山的古道之上。

凝视晋江

一座真马大小的石马雕像，静静地站在那里，身前的地上，有两个饮水的石槽，黄昏的最后一丝微光交织着初上的华灯，洒在石马身上。石马的一侧，是一面爬着藤蔓的墙，墙上有三个绿色的大字：五店市。字迹源自明代书法家张瑞图的书法集，斑驳的光影遮掩了这三个字，需要上前一步，才能看清楚。

晋江市是福建省泉州市辖属的代管县级市，五店市是晋江的一张名片。"五店市"的"市"是"市场"的"市"。唐朝开元年间，有五名蔡姓七世孙，在此开了五间店，以方便过往商人、游人打尖休憩，故而得名"五店市"。于是，我脑海里浮现出五家店铺门前人来车往、店小二热情吆喝、食客大碗喝酒吃肉的情形。所谓的历史感，往往需要一个现实的所在，通过凝视，来激发过去与现在的联系。

现在的五店市，整个街区不算长，但街道两边的古宅小院，每一间都值得驻足，蔡氏家庙、庄氏家庙、涴然别墅、天官第、朝北大厝、柳青新宅，都保持着原汁原味的建筑风格。走进五店市，忍不住想起一个说法：无论在什么地方，只要有几个中国人，用不了多久，他们就会还给你一个村庄、一个城市、一片文化繁荣商业发达的区域。

先有五店市，后有晋江。"晋江"这一名字，源自西晋永嘉之乱后，部分中原士族辗转来此，重新安家立业。他们把身边的这条河，取名

"晋江"，以示怀念故土。现在的晋江市，鳞次栉比的高楼取代了古代的宅院，但不变的是缓缓流淌的江水。一条并不算宽的江，把晋江和泉州分开，也把晋江和泉州更好地连接了起来。每一次乘车过晋江桥，我都希望车开得慢一些，再慢一些，想凝视那流淌的河水，想知道它淹没了多少历史与往事。

行走在晋江市内，我发现一个堪与五店市媲美的古村落——梧林村。村庄位于石鼓山脚下。一条长长的村道通往村子，村道一旁是长满芦苇的小河，另一旁则是诸多开花或不开花的树，散发着甜美的香味。进入村庄，迎面看到的是一幢闽南官式大厝，其高大与宏伟，具有宫殿的气势，很难想象六百多年前的一个村子，就有如此庞大的建筑。逗留在古厝欣赏风景并拍照后，以为参观就此结束，没承想，这仅仅是一个开始，梧林村已被全面保护，经过修旧如旧的开发，成了一个休闲度假村落。

这恐怕是中国最为独特的村庄之一了，村庄内部，都是极为罕见的哥特式、古罗马式建筑。与一些城市为了赶时髦将现代建筑设计成欧式建筑不一样，梧林村的古典风，直接对接了欧洲建筑——不是仿建，而是货真价实的建筑。所以这些建筑虽然"生长"在中国一个乡村的土地上，却不显得突兀，反而让人想起晋江作为海上丝绸之路起点的辉煌时代。世界文化交融的盛况、彼时的开放，至今仍在影响并浸润着这片土地。

除了古建筑，梧林村还有两个地方值得流连。一是村里新建的咖啡馆，设计得很漂亮，走进去宛若置身于一线城市中的咖啡馆。二是位于村边的侨批展览馆。闽南方言把"信"称为"批"，"侨批"可以理解为"华侨的家信"。展览馆展示了从清朝到1979年间，闽南华侨与家乡亲人之间的书信往来。侨批所承载的深情，至今仍让人动容。

在晋江，这样让人动容的时刻有不少，比如当我们走进位于晋江华表山南麓的草庵时。我们并未想到，会在这里与弘一法师"相遇"。弘一法师晚年在泉州度过，从他出家到圆寂的二十四年间，有十四年居住于闽南的寺院，草庵便是其中一座。

草庵是全国重点文物保护单位，也是我国仅存的摩尼教寺庙。寺庙里的摩尼佛雕像，在雕刻时因为独特的石头质地，呈现出三种颜色，这为雕像赋予了某种神奇的色彩。在其他参观的人离去之后，我一个人静静地在雕像前待了一会儿，与之凝视，那一刻，身心俱安宁。举起手机拍照，身后的玻璃窗映照出远山的翠绿，如液晶屏一般。

因为"遇见"弘一法师，心头更加念念不忘，于是，当地朋友说起"小山丛竹"的时候，忍不住前往拜谒。"小山丛竹"位于泉州老城，是泉州旧八景之首，弘一法师曾三度在此居住，这儿也是他圆寂之处。"悲欣交集"这四个字，正是他在这里写下的。

"小山丛竹"占地面积并不算大，但"出砖入石"的建筑手法，使得这里的每一座房子，都充满意境与味道。周边虽然是居民区与学校，却有着令人感动的文化气场。我在复原的弘一法师的卧室里待了一会儿，低矮狭小的屋子里，只有一桌、一凳、一床、一箱这四样东西，一时百感交集，不知如何叙说。

离开晋江，在机场候机的时候，我整理着手机里的图片，打算发出来与朋友们分享。图选好了，看着微信朋友圈对话框里"这一刻的想法"这几个字时，却沉吟了许久，脑海里浮现的是乘车过桥时看到的晋江水，那一刻，大脑里是"静音"的——江在我的记忆里是如此安静。唯有安静的事物，才可以长久凝视，并记在心里。于是，我在手机里写下了四个字："晋江，晋江。"

谒王维墓

今冬又到西安。每次来都行色匆匆，这次待得久了些，有稍充足的时间，可以四处逛逛。住在咸阳的作家朋友许海涛说："兵马俑、华清池这样的地方，起码去过三遍以上了吧？这次带你看看一般人寻不见的。"他说了几个地点，说到王维墓的时候，我心里一动，说："就去这。"

王维在我心目中，很长时间以来都是清冷的形象。比起李白的狂放与杜甫的悲怆，王维并未给青少年时代的我留下太大影响。可人到中年，我突然大爱王维，再回头念那些句子——"空山不见人，但闻人语响""深林人不知，明月来相照""天寒远山静，日暮长河急"，脑海里立即自动将这些诗句生成画面，心里浮躁全无。

海涛兄开着白色越野车，从他位于渭河北岸的家出发，过桥越河上了高速之后，一路向秦岭深处的蓝田县辋川镇出发。2019 年 12 月底，宋人临摹的近十米长的《辋川图卷》在中国国家博物馆展出，当时我的一个中年好友微信群里人头攒动，大家踊跃报名要去欣赏这幅佳作。王维在辋川半官半隐时四十岁左右，恰是中年，我明白为什么他在当代有那么多中年粉丝了——谁不想居辋川？

用手机软件导航，搜不到王维墓，只搜得到一个名字叫"王维庄园"的地方，到达之后发现，是一个不再营业的农庄饭馆。海涛兄胸有成竹，说他每隔两三年都来一次，一定能找得到，结果一脚油门几公里下去，还是没发现王维墓的身影，可见王维墓隐藏之深。等调转车头缓慢行驶到一个破旧的工厂大铁门时，海涛兄的记忆复活了，连续说了几次"就在这里，没错"。进大门后不过几百米，车轮碾压落叶的声音渐小，我们逐渐接近了王维墓。

一棵高大的银杏树率先进入眼帘。这棵树树叶落尽，枯枝戳向天空，没有昏鸦，需仰视，才能看到树尖。树下有一块碑，上书"鹿苑寺"，碑背面刻文说，这棵银杏树是王维亲手所栽，树冠高20米，树径1.8米。据《新唐书·蓝田县志》记载，"清源寺"建于唐代，毁于唐末战乱，"鹿苑寺"即为"清源寺"，据传是王维在母亲去世后，将居住的辋川别墅改建而成，但如今也见不到只砖片瓦。这很正常，《辋川图卷》所绘山川湖水画面，如今都难觅原貌，一座寺庙，怎能抵挡得住人为的破坏与时间的摧毁？

王维墓碑距离银杏树百米左右。这一百米我走得很慢，有种进入另一个时空的错觉。王维墓碑就竖在那里，碑面乌黑，碑上的字迹大而清晰，除了有些新之外，不觉得有什么特别之处。在距离墓碑十几米的地方，我徘徊了几十秒钟，但最终还是决定走近它。为什么不敢那么快偎近？恐怕内心还是有种敬畏感——对一位伟大文人的敬畏，对历史与文化的敬畏。当然，是不是还有一些别的未知因素在，就需要更加安静地思索探究了。

墓碑所在之处，是一片荒废的草园子。午后的山里没有风，冬阳送暖，一片安谧。不远处的废旧红砖厂房高楼危立，楼前，两名当地人手扶打扫工具，慢慢地说着话。王维的墓碑在此，但他的墓呢？经查才知道，王维墓地约13.3亩，现被压在废旧工厂的14号厂房下，原《唐右丞王公维墓》碑石，现在也处于14号厂房的某处，作为建房石料被使用……可以确定的是，诗人王维的确葬于此处。有碑无墓也好，旧碑难见天日也好，只要地方不错，人们前来拜谒凭吊，情感就会有个真实的寄托与流向。

想在王维墓碑前留下张照片，拍照的时候，手不由自主地像搂着朋友的肩膀那样，轻轻放在了碑石的背面，手掌传来碑石被阳光晒过之后又凉又暖的感觉，这算是与王维隔空握手了吧。

我们再次往银杏树的方向走。经过树下的时候，忽然想到，假若真有超时空并存，时间平行真的成立的话，那么此刻，王维是否在另一个时空当中，正与我擦肩而过？他大概率是去见他的好朋友裴迪。王维流传后世的诗作400余首，有30多首是赠答裴迪或与裴迪同咏的，而《全唐诗》中收录了裴迪诗作30首，几乎每首都与王维有关。"好山好水好寂寞"这句话，对于王维与裴迪来说都不成立。因为诗歌与友情的存在，辋川更是强化了王维"精神家园"的属性。

拜谒王维，心中有片刻激荡，并无惆怅。有无限安慰，并无失落。王维为官时，已看淡一切，住在辋川不只是隐居，也是一种抵抗。"行到水穷处，坐看云起时"，这不仅是王维中年心境的体现，也是对人生的通透表达。作为跨时代的同龄人，不需要达到王维境界的高处，哪怕摘得他境界中的只花片叶，也能得到一种内心的宁静。

或是与王维刚刚"碰过面"，告别辋川时，透过车窗，我看到外面有间名为"辋川人间"的小店，那四个鲜红的大字，早已挂满蛛网。以为会伤感，但回味了一下自己的心思，发现竟然是用欣赏的眼光去看待的。王维在《偶然作》中写过"名字本皆是，此心还不知"，平淡与彻悟的背后，必然也隐藏着淡淡的喜悦。能用接纳与安静的心态，完成这次拜谒，也算我生命里一次小小的成长。

在陈忠实故居门前小站片刻

温度，五摄氏度；风速，一级；窗外，阳光和煦，树影斑驳。我与陕西作家许海涛一起坐车，从西咸新区的秦汉新城，到位于西安市灞桥区西蒋村。车子走的是西安绕城高速，转到 Y326 乡村公路，总行程不到五十分钟的时间。

全国有好几个名字叫西蒋村的村庄，浙江、河南、江苏，就分别有一个，但只有一个西蒋村出过一位著名的作家，作家的名字叫陈忠实。陈忠实的西蒋村，位于白鹿原的原下。

当乡村公路逐渐变窄，路面有了起伏，视野里开始出现"柳暗花明"的错觉，还来不及感叹时，一块紫底白字的路牌撞入了眼帘，上面写着"西蒋村，陈忠实故居，白鹿原小说创作地"，大字下面还有一行小字，记录着陈忠实的生逝年份（1942—2016）。

2016 年 4 月 29 日，陈忠实逝世，这是当年文化界的一个大事件，尤其是对于热爱中国当代文学的读者来说，是件巨大的憾事。和路遥逝世引起大家的怀念一样，陈忠实的永别，不但激发了人们对一位文学名家的怀念，也让人从内心深处涌动出一种属于文学层面的失落。

在当时纪念陈忠实的文章中，我写下了这样一段文字："在乡土题材写作方面，陈忠实是最具文化厚重感的作家。有的作家是凭借苦功，与时间作战，写出惊世之作；有的作家依赖才华，调动观察能力就可以塑造好故事。而陈忠实是少有地把两者结合在一起的写作者。他的作品里，有耗尽心血写作所带来的那种苦涩感，但更多的却是作家的灵魂在土地上奔跑时，所营造的那种惊心动魄感。"

在四年多之后，我来到陈忠实的肉身与灵魂都曾奔跑与守护过的这片土地，说心情不激动是不可能的。20世纪90年代初读《白鹿原》时留下的震撼，虽然在心底可能已经化为无形，但少年时代的阅读，给一个人的成长带来的变化，是无法消除的。我认为，直到现在，《白鹿原》在文学与人生层面带给我的影响"余威犹在"。

车子停在陈忠实故居门前，我第一眼就看见门口守着两只威严的石狮子。这石狮子，与故居的风格其实不搭。陈忠实出身贫寒，为写作受尽了苦头。1986年，44岁的陈忠实感觉到再不写出一部优秀的长篇小说，这一辈子就过去了，于是他回到西蒋村这座家徒四壁的祖屋，开始极为艰难地写作《白鹿原》。他对为孩子学费发愁的妻子说："这事弄不成，咱养鸡去！"

我看着这对石狮子，联想到陈忠实的这段往事，内心五味杂陈。他生前孤独，死后极尽哀荣，这对守门的石狮子，也不过是哀荣的一种，可以理解成，这是家乡父老对陈忠实表达尊重的方式之一。

陈忠实故居位于白鹿原北坡，原本应该是处交通极不便利的地方，不知是否因为他的缘故，现在道路直接修到了他家门口。尽管往来车辆不多，但只要有车通过，还是会让人略有不安，对于故居而言，交通太过便利，也仿佛是对故人的一种打搅。

当年陈忠实隐居在此写作时，是闭门不出的，不知道是否因为环境的孤独，造就了《白鹿原》孤独的气质。这份孤独，其实应该得到一种了无痕迹的保护，让访客不仅可以尽最大可能地缩短与陈忠实的距离感，也能够更快速地走进他那如整个白鹿原一样开阔、浩荡的精神世界。

或是为了制造一点寂静之意，陈忠实故居门两边，各栽种了一片竹林，虽有部分叶子枯黄，但整体看上去，这片小小的竹林，青翠还是主色调。

竹丛后面的墙壁上，书写着一段陈忠实的文字："这样粗的一株柳树，经历过多少虐杀生灵的高原风雪，冻死过多少次又复苏过来；经历过多少场铺天盖地的雷轰电击，被劈断了枝干又重新抽出了新条。它无疑经受过一次又一次摧毁，却能够一回又一回起死回生。这是一种多么顽强的精神。"之所以选择这段话抄录于故居的墙壁上，恐怕也是因为它和陈忠实的生存姿态较为贴近吧。

陈忠实故居的门，没有开。公路对面，专为参观者提供的一小片停车场，空空如也。四处张望，没有寻见故居的守门人。是的，没错，这次拜访陈忠实故居，吃了闭门羹。

不过，这并未影响到我们的心情。我与许海涛在故居门前聊天。此前的一路上，我们已经聊了很多陈忠实的故事，但在故居门前聊陈忠实，还是有一些微妙的不一样，仿佛，我们说的话，能被门后的陈忠实先生听到一般。

其间，我尝试过轻轻地推门，但大门紧闭，没有松动的迹象；也试着想要通过门缝，一窥院内的景物，但门缝也是严密的，看不到里面的一丝一毫。

要是保持小院、老屋原样该有多好啊。我心里想，陈忠实祖屋的院门，肯定会有一道不小的缝隙，透过这道缝隙，没准能看到他在院子里吸烟。

许海涛开玩笑说，进不去院子也好，留点遗憾："这个遗憾，是不是很像'松下问童子，言师采药去'？"我说："确实很像，要是多等一会，能把陈忠实等来就好了。"

已经永远等不到他了。在陈忠实故居待了一二十分钟之后，我们决定离开，也约好，有时间再来。这一二十分钟，可以用"小站片刻"来形容，像是拜访某人，某人不在家，出门参加宴席去了，不知何时回来，这感觉，不是失望，只是略有惆怅。

但惆怅中，还包含着一点点希望、一点点喜悦，仿佛就算没见到故人，在其起居、行走的地盘，逛逛也是好的，而且，求见而未得，也意味着下次还有机会相见。

这是很"书呆子气"的想法吧，我和许海涛就这么说着，轻松地离开了。从汽车后视镜中，我看到陈忠实故居的院子变得越来越小，转个弯就看不见了。

我心里除了轻松之外，还是踏实的，这种踏实，大概还是来自内心有了收获感——喜爱一个人，就去他的故乡看一看。到陈忠实的故乡走了一遭，也是对这位我一直喜爱的作家，面对面地献上一份敬意了。